邊聽邊寫！

簡單快速

日文入門 新版

JAPAN

こんどうともこ 著
元氣日語編輯小組 總策劃

作者のことば
作者的話

　今はネットで何でも調べられ、やる気さえあれば外国語もお金をかけず学べる時代です。しかし、昔から「語学は書いた人だけ、書いた分だけうまくなる」と言われるように、時代はどんなに変わっても、「書く」行為ほど外国語習得に最適なものはないように思います。なにより、自分の字で書き込まれボロボロになった教材を手に取ると、自分がどれだけがんばったのか視覚化でき、次のステップへのモチベーションにもつながるものです。

　本書は、はじめて日本語を学ぶ方に向けた音声つき書き取り入門ドリルです。日本語学習の基本中の基本である50音から、簡単かつ実用的な単語やフレーズまで厳選しました。書き取りの練習部分は「なぞって書く」という方法で、達成感を感じながら完全マスターできる構成になっています。また、ネイティブの正確な発音が分かりやすい解説つきで聞けるので、一人ぼっちで飽きてしまうという心配がありません。さらに、分かりやすい文法解説もついているので、ドリルに書き込みながら基礎をどんどん固めることができます。いわば、「飽きない！楽しい！分かりやすい！」日本語入門書です。

　ですから、これから日本語を勉強し始めようとしている方、50音を学んだことはあるけれど途中で挫折してしまった、あるいは日本語を勉強したいけど、どんな教材がいいのか分からないなど、さまざまな方に本書を手に取っていただけたら幸いです。

　最後に、本書の出版にあたり、支え励まし続けてくれた瑞蘭国際出版社の王愿琦社長、葉仲芸副編集長に心から感謝申し上げます。わたしたち3人の想いがぎゅっとつまったこの教材が、日本語初学者のみなさまに大きな成果をもたらしてくれると信じています。

こんどうともこ

現在，是處於在網路上什麼都能查得到、只要有心的話不用花錢也能學習外語的時代。但是，我認為誠如自古名言「學習語言，只有習寫過的人、以及習寫過的部分會變好」一般，不管時代如何變化，都沒有比「習寫」這個動作更適合學習外語了。最重要的是，一旦拿起那用自己的字跡填滿而變得破舊的教材，便能把自己過往有多麼努力的成果視覺化，然後連結成邁向下一個階段的動機。

本書是一本為初次學習日文者量身打造、附有音檔的習寫入門練習本。內容從學習日文時基礎中的基礎的五十音開始，一直到簡單又實用的單字和句子，皆為嚴選。而習寫練習的部分，乃藉由「描著寫」這個方式，打造出能一邊感受到成就感、一邊還能完全學會的結構。再者，因為能聽到日本人錄製且附有易懂解說的正確發音，所以不用擔心會發生因一個人學習而感到厭煩的狀況。另外，書中還附有易懂的文法解說，讓大家在習寫練習本的同時，也能順利奠定基礎。可以說，這是一本「不會感到厭煩！好玩！易懂！」的日文入門書。

因此，不論是現在才要開始學習日文的人、學過五十音但中途受挫或是想學習日文但不曉得該用什麼樣的教材才好等等各式各樣的人，若能使用本書，我將深感榮幸。

最後，在本書出版之際，我要對不斷地給我支持與鼓勵的瑞蘭國際出版王愿琦社長、葉仲芸副總編輯致上最深的謝意。相信集結我們三人的信念所出版的此教材，能夠帶給日文初學者的大家巨大的成效。

こんどうともこ

3

如何使用本書

本書分成四章,從日文必學的五十音開始,到日文基本的單字與句型,最後是日常生活中必會的時間、數字、數量詞說法,內容循序漸進,由淺入深,打破你對學習日文的刻板印象,以好學習、有效率的方式學會日文!

PART 1
日文的基本知識

除了說明日文的結構與重音之外,五十音是本章學習的重點!
本章的五十音不但以好記憶的表格呈現,而且搭配「筆劃順序」、「寫寫看」、「單字」、「單字插圖」讓你好學習,更重要的是還有超級有趣、彷彿老師在身邊解說發音的音檔,要你一邊聽一邊寫,在反覆聆聽、習寫中,就能不知不覺把五十音記住,不用再死記硬背!

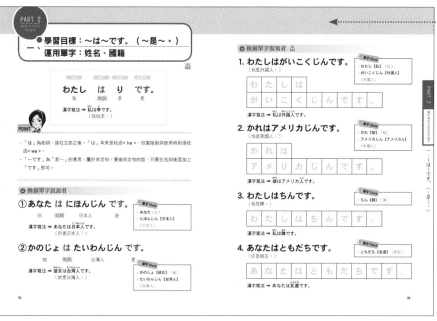

● 學習目標：～は～です。（～是～。）
一、 運用單字：姓名、國籍

わたし は り です。
我　　　　助詞　李　　是

漢字寫法 ➡ 私は李です。
（我姓李。）

POINT

・「は」為助詞，接在主語之後。「は」本來是唸成< ha >，但當做助詞使用時則須唸成< wa >。
・「～です」為「是～」的意思，屬於肯定句，要造肯定句的話，只要在名詞後面加上「です」即可。

● 換個單字說說看

① **あなた は にほんじん です。**
你　　　助詞　日本人　　是
漢字寫法 ➡ あなたは日本人です。
（你是日本人。）

單字 Check
・あなた 【你】
・にほんじん 【日本人】
（本國人）

② **かのじょ は たいわんじん です。**
她　　　　助詞　台灣人　　是
漢字寫法 ➡ 彼女は台灣人です。
（她是台灣人。）

單字 Check
・かのじょ 【彼女】（她）
・たいわんじん 【台灣人】
（台灣人）

● 換個單字寫寫看

1. **わたしはがいこくじんです。**
（我是外國人。）

| わ | た | し | は |
| が | い | こ | く | じ | ん | で | す | 。 |

漢字寫法 ➡ 私は外国人です。

單字 Check
・わたし 【私】（我）
・がいこくじん 【外國人】
（外國人）

2. **かれはアメリカじんです。**
（他是美國人。）

| か | れ | は |
| ア | メ | リ | カ | じ | ん | で | す | 。 |

漢字寫法 ➡ 彼はアメリカ人です。

單字 Check
・かれ 【彼】（他）
・アメリカじん 【アメリカ人】
（美國人）

3. **わたしはちんです。**
（我姓陳。）

| わ | た | し | は | ち | ん | で | す | 。 |

漢字寫法 ➡ 私は陳です。

單字 Check
・ちん 【陳】（陳）

4. **あなたはともだちです。**
（你是朋友。）

| あ | な | た | は | と | も | だ | ち | で | す | 。 |

漢字寫法 ➡ あなたは友達です。

單字 Check
・ともだち 【友達】（朋友）

● 代換練習 1

我們一起把下方句子裡的「おう【王】（王）」，換成別的單字寫寫看吧。

わたしはおうです。
漢字寫法 ➡ 私は王です。
（我姓王。）

▶ さい【蔡】（蔡）
わたしはさいです。

▶ りん【林】（林）
わたしはりんです。

▶ そ【蘇】（蘇）
わたしはそです。

▶ よう【楊／葉】（楊／葉）
わたしはようです。

▶ こう【黃／洪／高／江】（黃／洪／高／江）
わたしはこうです。

▶ らい【賴】（賴）
わたしはらいです。

● 代換練習 2

我們一起把下方句子裡的「ちゅうごくじん【中国人】（中國人）」，換成別的單字寫寫看吧。

かれはちゅうごくじんです。
漢字寫法 ➡ 彼は中国人です。
（他是中國人。）

▶ かんこくじん【韓國人】（韓國人）
かれはかんこくじんです。

▶ ほんこんじん【香港人】（香港人）
かれはほんこんじんです。

▶ フランスじん【フランス人】（法國人）
かれはフランスじんです。

▶ タイじん【タイ人】（泰國人）
かれはタイじんです。

▶ インドじん【インド人】（印度人）
かれはインドじんです。

▶ イギリスじん【イギリス人】（英國人）
かれはイギリスじんです。

PART 2
運用基本句型與好用單字

跨過日文五十音學習門檻之後，接著學習日文的句型。本章運用八個日文基本句型，搭配主題單字，再以三個學習順序：「換個單字說說看」、「換個單字寫寫看」、「代換練習」，搭配音檔，要你一邊聽一邊寫，奠定日文基礎！

學會日文基礎句型後，本章列出八個進階句型，包含如何表達願望、喜好、感覺與能力。

在句型方面，從簡單句型延伸到動作的表達；而單字運用則從名詞進入到形容詞，一樣運用無壓力的「聽」＋「寫」方式，漸漸加深日文能力！

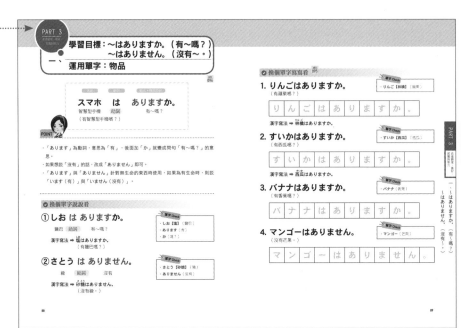

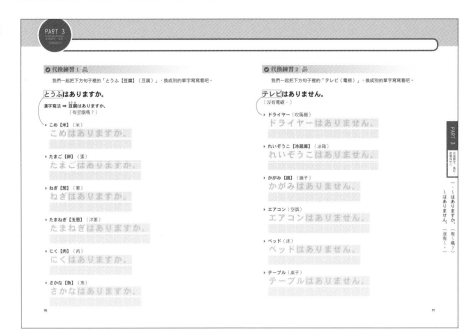

PART 4

一、學習兩種數字的唸法

日文中有「音讀」與「訓讀」兩個發音系統：「音讀」是受到中文影響，類似於中文的發音（＝漢語系統）。而「訓讀」是日文獨特的發音（＝和語系統）。因此，日文的漢字大部分都會有兩種唸法，日文數字也不例外。而在日本的日常生活裡，日文數字尤其重要，不管是時間、日期或數量詞都隨處可見，因此我們來好好學習日文數字的各種唸法吧！

1. 音讀數字（＝漢語系統）

首先我們學習基礎的「音讀」唸法。「○月○日」等數字都是採用「音讀」唸法喔。

◆ 例如：

① 3 月 28 日
三 月 二 十 八 日
さん がつ に じゅう はち にち

② 6 月 30 日
六 月 三 十 日
ろく がつ さん じゅう にち

我們一起唸唸看：

零	一	二	三	四	五
れい／ゼロ	いち	に	さん	し／よん	ご
六	七	八	九	十	
ろく	しち／なな	はち	きゅう／く	じゅう	

（註）零、四、七、九有兩種讀音。

寫寫看 請用平假名寫出以下的數字。

① 五
ご

② 二十八
に じゅう は ち

③ 九十一
きゅう じゅう いち

2. 訓讀數字（＝和語系統）

這是在漢語傳來以前，日本原有的日文傳統唸法。廣泛用於計算形狀非扁平、非細長狀的物體，以及抽象事物。

我們一起唸唸看：

一つ	二つ	三つ	四つ	五つ
ひとつ	ふたつ	みっつ	よっつ	いつつ
六つ	七つ	八つ	九つ	十
むっつ	ななつ	やっつ	ここのつ	とお

（註）這種「～つ」的唸法，只能進行個位數計算，也就是只能從「一」到「九」，無法進行十位數以上的計算喔。

寫寫看 請用平假名寫出以下的數字。

① 一つ
ひ と つ

② 二つ
ふ た つ

③ 三つ
み っ つ

④ 四つ
よ っ つ

⑤ 五つ
い つ つ

⑥ 六つ
む っ つ

⑦ 七つ
な な つ

⑧ 八つ
や っ つ

⑨ 九つ
こ こ の つ

⑩ 十
と お

3. 其他常用數量詞：「個」

除了前面所說的音讀數字及訓讀唸法之外，日文也與中文一樣有各種數量詞。一開始我們先來學習日常生活中，最基本的數量詞，只要背起來，生活會變得更方便喔。那麼，我們從最常用的「個」開始學習吧。

用途 廣泛用於計算非扁平、非細長狀的小型物體。
例如 りんご【林檎】（蘋果）、いちご【苺】（草莓）、ゆびわ【指輪】（戒指）、たまご【卵】（蛋）、はこ【箱】（盒子）等等。

寫寫看 請用平假名寫出以下的數量詞。

① 一個
い っ こ

② 二個
に こ

③ 三個
さ ん こ

④ 四個
よ ん こ

⑤ 五個
ご こ

⑥ 六個
ろ っ こ

⑦ 七個
な な こ

⑧ 八個
は っ こ

⑨ 九個
きゅう こ

⑩ 十個
じゅ っ こ

4. 其他常用數量詞：「本」

用途 用於計算形狀細長的物體，需注意與中文的「本」意思不同。
例如 ペン（筆）、だいこん【大根】（白蘿蔔）、ビール（啤酒）、かさ【傘】（傘）、き【木】（樹木）等等。

寫寫看 請用平假名寫出以下的數量詞。

① 一本
い っ ぽ ん

② 二本
に ほ ん

③ 三本
さ ん ぼ ん

④ 四本
よ ん ほ ん

⑤ 五本
ご ほ ん

⑥ 六本
ろ っ ぽ ん

⑦ 七本
な な ほ ん

⑧ 八本
は っ ぽ ん

⑨ 九本
きゅう ほ ん

⑩ 十本
じゅ っ ぽ ん

（註）從音後面加上「本」時多唸濁音或半濁音，例如：「いっぽん【一本】」、「ろっぽん【六本】」、「はっぽん【八本】」、「じゅっぽん【十本】」等。其他唸法較有規則，請直接背起來喔。

學習日文，不要一本書就壞了學習的胃口！

本書在 PART 2、PART 3 讓你全盤了解日文的基礎與進階句型後，不再進入更難的句型，而是在本章直接說明日常生活中一定會用到的時間、日期、數字、數量詞用法，要你融會貫通，可以輕鬆自在玩日本、交日本朋友！

Contents

目次

作者的話 | 002
如何使用本書 | 004

PART 1

日文的基本知識
一、日文是什麼樣的語言？ | 012
二、發音祕訣 | 016
三、以招呼用語學會五十音 | 048
四、五十音表 | 050

PART 2

運用基本句型與好用單字
一、**學習目標**：～は～です。（～是～。） | 054
運用單字：姓名、國籍
二、**學習目標**：～は～ではありません。（～不是～。） | 058
運用單字：家族成員、關係
三、**學習目標**：～は～ですか。（～是～嗎？） | 062
運用單字：職業、職稱
四、**學習目標**：ここ／そこ／あそこは～です。
（這裡／那裡／那裡是～。） | 066
運用單字：地點、場所、機關行號
五、**學習目標**：～はいくら／いつ／どこ／だれ／なんですか。
（～是～呢？） | 070
運用單字：人、事、物品
六、**學習目標**：この／その／あの～は～のです。
（這個／那個／那個～是～的。）
どの～が～のですか。（哪個～是～的呢？） | 074
運用單字：物品
七、**學習目標**：～から～まで（從～到～） | 078
運用單字：地點、場所、機關行號
八、**學習目標**：～をください。（請給我～。） | 082
運用單字：食物、飲料

PART 3

表達願望、喜好、感覺與能力

一、學習目標：〜はありますか。（有〜嗎？）
〜はありません。（沒有〜。）　　　　｜088
運用單字：物品

二、學習目標：〜はすこし／とても〜です。
（〜有一點／非常〜。）　　　　｜092
運用單字：表達感覺的い形容詞

三、學習目標：〜がすき／きらいです。（喜歡／討厭〜。）　｜096
運用單字：生物、運動、活動

四、學習目標：〜がじょうず／へたです。
（擅長／不擅長〜。）　　　　｜100
運用單字：技能、興趣、嗜好

五、學習目標：〜がいたい／わるいです。（〜很痛／不好。）｜104
運用單字：身體的部位

六、學習目標：〜ができます／できません。（會／不會〜。）｜108
運用單字：技能、興趣、嗜好

七、學習目標：〜がほしいです。（想要〜。）　　　　｜112
運用單字：物品、對象

八、學習目標：〜が〜たいです。（想〜。）　　　　｜116
運用單字：物品、食物

PART 4

學習時間、日期、數量詞，以及方位相關用法

一、學習兩種數字的唸法　　　　｜122
二、時段、方位　　　　｜128
三、星期、季節與節日　　　　｜130
四、實力測驗　　　　｜132

如何掃描 QR Code 下載音檔

1. 以手機內建的相機或是掃描 QR Code 的 App 掃描封面的 QR Code。
2. 點選「雲端硬碟」的連結之後，進入音檔清單畫面，接著點選畫面右上角的「三個點」。
3. 點選「新增至「已加星號」專區」一欄，星星即會變成黃色或黑色，代表加入成功。
4. 開啟電腦，打開您的「雲端硬碟」網頁，點選左側欄位的「已加星號」。
5. 選擇該音檔資料夾，點滑鼠右鍵，選擇「下載」，即可將音檔存入電腦。

PART 1
日文的基本知識

什麼是日文的基礎？是日語五十音！

　　本單元告訴你為什麼學日文要先學五十音，再教你從平假名開始，發出跟日本人一樣道地的清音、濁音、半濁音、拗音、長音、促音等發音，之後再導入片假名，帶你迅速跨過日文學習門檻，輕鬆入門日文！

一、日文是什麼樣的語言？
二、發音祕訣
三、以招呼用語學會五十音
四、五十音表

一、日文是什麼樣的語言？

1. 學日文，可以避開背五十音嗎？ ^{MP3}001

就像台灣人學習中文發音時必須用到「ㄅㄆㄇㄈ」一樣，要開口説日文，絕對避不開五十音。在網路時代，我們用電腦或手機就能免費學習外文的機會很多，尤其是看 YouTube 等影片學習，內容輕鬆又活潑，我自己也非常喜歡這樣的學習方式。再加上查字典方便、用電腦找資料容易，如果想學習五十音，似乎更快了！但是我個人認為，容易得到的東西，也容易失去。學習語言，如果沒有打好穩固的基礎，自然忘的速度也快。所以，我們還是扎扎實實地好好跟著本書，從五十音開始學日文！

那麼，我們先簡單了解「五十音」（五十音）吧。所謂的五十音，簡單來説，除了是日文的文字之外，還是日文的注音符號，但「五十音」不是真的只有五十個音而已，它只是個代稱，真正算起來，總共有一百零五個。覺得好多？別擔心，只要能記住四十六個基本的「清音」，其他的「濁音」、「半濁音」、「拗音」、「長音」、「促音」都是運用「清音」加以變化而已。

另外，日文書寫文字可分為三種，一個是我們最熟悉的「漢字」（漢字），另外兩個則是「平仮名」（平假名）與「片仮名」（片假名）。平假名為日常生活中最常用的文字，而片假名除了在標記外來語之外，通常用於專有名詞或強調用語。

片假名	平假名	漢字	平假名
スマホ	は	必需品	です。

（智慧型手機是必需品。）

（註）「スマホ」為「スマートフォン」的簡稱。

如上所示，日文的句子是由「漢字」、「平假名」與「片假名」綜合組成。而在初學時，「漢字」上面會加上「平假名」的標音，這是為了讓學習者知道這些漢字怎麼唸。等到程度越來越好時，就不需要倚賴這些標音了。這就像我們所接觸的中文，字的旁邊不會一直標示注音符號一樣。

2. 什麼是日文重音？ MP3 002

日文與中文一樣，有許多發音相近的字，為了區別字義，每個單字都有自己的重音。對初學者來說，發音非常重要，若一開始發音準確，將來的學習之路一定會更加順利。

日文的語調（重音）分為四種型態，分別是「平板型」、「頭高型」、「中高型」、「尾高型」四種。一般常見的標記法是以「數字」標示，但也有以「線條」來表示的方式，無論採取哪一種方式，原理是一樣的。

日文標準重音的法則：

平板型	頭高型
第一個音節略發低音，第二個音節以後升為高音。劃線以「一直線」，數字則是以 0 來標示。	第一個音節發高音，第二個音節以後降為低音。劃線是標示在第一個假名的上面，數字則是以 1 來標示。
例 わたし 0 我 きもの 0 和服 おんせん 0 溫泉	例 えき 1 車站 わさび 1 山葵、芥末 てんき 1 天氣

中高型	尾高型
前面的音節先發低音，直到重音的那個音節才發高音，之後再降為低音。劃線要劃在重音的那個音節上面。若以數字標示，依照重音位置不同，會以 ②、③、④ 等來標示。	第一個音節略發低音，之後升為高音，直到最後一個音節。劃線是劃在最後一個假名上，而隨著單字的長度不同，數字會出現 ③、④、⑤ 等。
例 **あなた** ② 你 **にほん** ② 日本 **やすい** ② 便宜的 **ひこうき** ② 飛機	例 **さしみ** ③ 生魚片 **しらが** ③ 白髮 **いもうと** ④ 妹妹

Tips

1 單字無論多長，一個單字內重音最多只會升一次、降一次而已。

2 重音以數字計算時，長音、促音、拗音也當作一個假名，如：「がっこう⓪（學校）」、「ラーメン①（拉麵）」、「きょう①（今天）」。

3. 日文的句子如何結構？ ^{MP3} 003

　　日文句子的基本結構是「主詞＋受詞＋動詞」，其中和中文最大不同的地方就是動詞的部分。

◆ 例如：

　　一看就能清楚知道，中文與日文不同的地方吧？中文的動詞是放在主詞與受詞的中間，而日文是放在最後面。也就是說，日文不管句型怎麼增加，動詞統統是放在句子最後面。時態的變化也是一樣，是在句子最後才出現喔。所以才會有人說，日文是聽到最後一個字，才能了解對方的意思。

◆ 例如：

肯定	わたしは　寿司を　食べます。	（我吃壽司。）
否定	わたしは　寿司を　食べません。	（我不吃壽司。）
過去式肯定	わたしは　寿司を　食べました。	（我吃過了壽司。）
過去式否定	わたしは　寿司を　食べませんでした。	（我沒有吃壽司。）

　　因此，有人說與日本人談生意一定要小心，必須好好聽到最後一句。也有以為日本人喜歡自己公司的產品，結果對方根本不滿意，最後生意談不成的例子喔。

二、發音祕訣

1. 平假名

（1）清音

清音在發音時，喉嚨不會震動。

▶ **あ行** MP3 004

平假名	あ	い	う	え	お
寫寫看	あ	い	う	え	お
單字 （中譯）	あい （愛）	いえ （家）	うし （牛）	えき （車站）	おかし （零食、點心）

小叮嚀： 「う」發音時，嘴唇要扁平，嘴巴不可以突出嘟起來喔。

▶ **か行** MP3 005

平假名	か	き	く	け	こ
寫寫看	か	き	く	け	こ
單字 （中譯）	かさ （傘）	きもち （心情、情緒）	くつ （鞋子）	けいたい （手機）	こめ （米）

小叮嚀： 「く」發音時，嘴角向中間靠攏，發出類似中文「哭」的聲音。另外，「か・き・く・け・こ」
有時候會變成無氣音。「き」的印刷體是「き」。

▶ **さ行** MP3 006

平假名	さ	し	す	せ	そ
寫寫看	さ	し	す	せ	そ
單字 （中譯）	さくら （櫻花）	しお （鹽）	すし （壽司）	せかい （世界）	そら （天空）

小叮嚀： 「す」發音時，嘴角向中間靠攏，但嘴型不可以嘟起來喔。「さ」的印刷體是「さ」。

▶ **た行** MP3 007

平假名	た	ち	つ	て	と
寫寫看	た	ち	つ	て	と
單字 （中譯）	たこ （章魚）	ちこく （遲到）	つき （月亮）	て （手）	とり （鳥）

小叮嚀： 「ち」發音時，嘴巴扁平，發出類似「七」的聲音。另外，「た・ち・つ・て・と」有時候會變成無氣音。

▶ な行 MP3 008

平假名	な	に	ぬ	ね	の
寫寫看	な	に	ぬ	ね	の
單字（中譯）	なまえ（名字）	にほん（日本）	ぬの（布）	ねこ（貓）	のり（海苔）

小叮嚀： 「に」發音時，舌頭抵往上齒。

▶ は行 MP3 009

平假名	は	ひ	ふ	へ	ほ
寫寫看	は	ひ	ふ	へ	ほ
單字（中譯）	はなみ（賞花）	ひこうき（飛機）	ふく（衣服）	へた（笨拙、不擅長）	ほし（星星）

小叮嚀： 「ふ」發音時，以扁唇來發出，不可以把嘴唇嘟起來喔。

▶ ま行　MP3 010

平假名	ま	み	む	め	も
寫寫看	ま	み	む	め	も
單字 （中譯）	まくら （枕頭）	みせ （商店）	むし （蟲）	め （眼睛）	もち （年糕）

小叮嚀：「み」發音時，嘴巴要扁平；「も」發音時，嘴唇為圓形。

▶ や行　MP3 011

平假名	や		ゆ		よ
寫寫看	や		ゆ		よ
單字 （中譯）	やさい （蔬菜）		ゆき （雪）		よみせ （夜市）

小叮嚀：「ゆ」發音時，嘴角向中間靠攏。

▶ ら行 MP3 012

平假名	ら	り	る	れ	ろ
寫寫看	ら	り	る	れ	ろ
單字（中譯）	らいねん（明年）	りす（松鼠）	るす（不在、外出中）	れつ（排隊）	ろてん（攤販）
	(今年) 2020年 2021年 2022年 → →				

小叮嚀： 「ら・り・る・れ・ろ」這些字，發音與英文「r」不同，千萬不可把舌頭捲起來發喔。

▶ わ行 MP3 013

平假名	わ				を
寫寫看	わ				を
單字（中譯）	わたし（我）				ふくをかう（買衣服） 助詞「を」

小叮嚀： 「を」只能當助詞來使用，表示動作作用的對象喔。

平假名	ん
寫寫看	ん
單字 （中譯）	おんせん （温泉）

小叮嚀： 「ん」一定是出現在詞彙的中間或最後。發音時，嘴巴微張發出類似注音符號的「ㄥ」。

（2）濁音、半濁音

濁音

顧名思義，濁音是喉嚨會震動的音，聽起來有一點混濁。書寫時，在假名的右上方點上兩點即可。

▶ **が行** MP3 014

平假名	が	ぎ	ぐ	げ	ご
寫寫看	が	ぎ	ぐ	げ	ご
單字（中譯）	がくせい（學生）	ぎんこう（銀行）	ぐんたい（軍隊）	げんき（有精神）	ごはん（飯）

▶ **ざ行** MP3 015

平假名	さ	し	す	ぜ	そ
寫寫看	ざ	じ	ず	ぜ	ぞ
單字（中譯）	ひざ（膝蓋）	じこ（車禍）	きず（傷口）	かぜ（風、感冒）	かぞく（家人）

小叮嚀： 「ざ行」是對華人來說較不好唸的音，因此要注意聽老師發的音，多加練習喔。另外，「ず」與「づ」的發音相同。

▶ だ行 MP3 016

平假名	だ	ち	つ	て	ど
寫寫看	だ	ぢ	づ	で	ど
單字 （中譯）	だいがく （大學）	はなぢ （鼻血）	てづくり （親手做）	でんわ （電話）	まど （窗戶）

小叮嚀： 「ず」與「づ」的發音相同。

▶ ば行 MP3 017

平假名	ば	ひ	ふ	へ	ぼ
寫寫看	ば	び	ぶ	べ	ぼ
單字 （中譯）	ばか （愚蠢）	びじん （美女）	ぶた （豬）	べんとう （便當）	ぼうけん （冒險）

半濁音

半濁音是雙唇摩擦的音。書寫時，在假名的右上方點上一個小小的圓圈即可。

▶ ぱ行 MP3 018					
平假名	ぱ	ぴ	ぷ	ぺ	ぽ
寫寫看	ぱ	ぴ	ぷ	ぺ	ぽ
單字（中譯）	かんぱい（乾杯）	えんぴつ（鉛筆）	てんぷら（天婦羅）	ぺこぺこ（飢餓的樣子）	いっぽん（表示細長狀物品的數量詞；一根、一支、一瓶）

小叮嚀： 發音時不要送太多氣音，輕輕的就好喔。

（3）拗音

把「や」、「ゆ」、「よ」三個假名寫成小的文字「ゃ」、「ゅ」、「ょ」，接在清音、濁音、半濁音的右邊，合併起來的字叫做「拗音」。看起來是兩個假名，但是其實只是一個字，也只唸成一個音。

▶ き + ゃ = きゃ　MP3 019

平假名	きゃ	きゅ	きょ
寫寫看	きゃ	きゅ	きょ
單字 （中譯）	きゃく （客人）	きゅうり （小黃瓜）	きょり （距離）

▶ し + ゃ = しゃ　MP3 020

平假名	しゃ	しゅ	しょ
寫寫看	しゃ	しゅ	しょ
單字 （中譯）	しゃしん （照片）	しゅみ （興趣）	しょうゆ （醬油）

▶ **ち＋ゃ＝ちゃ** _{MP3} 021

平假名	ちゃ	ちゅ	ちょ
寫寫看	ちゃ	ちゅ	ちょ
單字 （中譯）	おちゃ （茶）	ちゅうし （終止、中止、取消）	ちょくせん （直線）
			——

▶ **に＋ゃ＝にゃ** _{MP3} 022

平假名	にゃ	にゅ	にょ
寫寫看	にゃ	にゅ	にょ
單字 （中譯）	こんにゃく （蒟蒻）	にゅうがく （入學）	にょう （尿）
		Welcome!	

▶ **ひ＋ゃ＝ひゃ** MP3 023

平假名	ひゃ	ひゅ	ひょ
寫寫看	ひゃ	ひゅ	ひょ
單字 （中譯）	ひゃく （一百）	ひゅうひゅう （咻咻，形容強風吹的聲音）	ひょうばん （評價、名聲）

▶ **み＋ゃ＝みゃ** MP3 024

平假名	みゃ	みゅ	みょ
寫寫看	みゃ	みゅ	みょ
單字 （中譯）	みゃく （脈搏）		みょうじ （姓）
			木村

▶ り＋や＝りゃ　MP3 025

平假名	りゃ	りゅ	りょ
寫寫看	りゃ	りゅ	りょ
單字 （中譯）	りゃく （省略）	りゅうがく （留學）	りょこう （旅行）
	スーパー （マーケット）	bye!	

▶ ぎ＋や＝ぎゃ　MP3 026

平假名	ぎゃ	ぎゅ	ぎょ
寫寫看	ぎゃ	ぎゅ	ぎょ
單字 （中譯）	ぎゃく （相反）	ぎゅうにく （牛肉）	ぎょかい （魚類與貝類）

▶ じ＋ゃ＝じゃ　MP3 027

平假名	じゃ	じゅ	じょ
寫寫看	じゃ	じゅ	じょ
單字（中譯）	じゃま（妨害、打擾）	じゅく（補習班）	きんじょ（鄰居、附近）

▶ び＋ゃ＝びゃ　MP3 028

平假名	びゃ	びゅ	びょ
寫寫看	びゃ	びゅ	びょ
單字（中譯）	さんびゃく（三百）	びゅんびゅん（形容迅速的樣子）	びょういん（醫院）

▶ ぴ + や = ぴゃ　MP3 029

平假名	ぴゃ	ぴゅ	ぴょ
寫寫看	ぴゃ	ぴゅ	ぴょ
單字（中譯）	ろっぴゃく（六百）	ぴゅうぴゅう（咻咻，形容強風吹的聲音）	いっぴょう（一票）

（4）長音、促音　MP3 030

長音

顧名思義，它是拉長的聲音。

平假名單字	おかあさん（媽媽）	ちいさい（小的）	くうき（空氣）	おねえさん（姊姊）	とおか（十日）

促音

　　把た行的「つ」寫成小的文字，接在其它假名的右邊。發音方法為發完前面的音，停頓一拍後，再發後面的音即可。多聽老師的發音，並多加練習吧！

平假名單字	ざっし（雜誌）	いっぱい（滿滿地、很多）	しっけ（濕氣）	けっせき（缺席）	こっち（這邊）

2. 片假名

（1）清音

清音在發音時，喉嚨不會震動。

▶ **ア行** MP3 031

片假名	ア	イ	ウ	エ	オ
寫寫看	ア	イ	ウ	エ	オ
單字（中譯）	アイス（冰、冰棒、冰淇淋）	イタリア（義大利）	ウイルス（病毒）	エコ（環保）	オイル（油）

小叮嚀： 「ウ」發音時，嘴唇要扁平，嘴巴不可以突出嘟起來喔。

▶ **カ行** MP3 032

片假名	カ	キ	ク	ケ	コ
寫寫看	カ	キ	ク	ケ	コ
單字（中譯）	カラオケ（卡拉OK）	キス（接吻）	クラス（班級、等級）	ケア（照顧）	コメント（訊息、建言、意見）

小叮嚀： 「ク」發音時，嘴角向中間靠攏，發出類似中文「哭」的聲音。另外，「カ・キ・ク・ケ・コ」有時候會變成無氣音。

▶ **サ行** MP3 033

片假名	サ	シ	ス	セ	ソ
寫寫看	サ	シ	ス	セ	ソ
單字 （中譯）	サイン （簽名）	システム （系統、組織）	ストレス （壓力）	センス （感覺、品味）	ソフト （軟的、壘球）

小叮嚀： 「ス」發音時，嘴角向中間靠攏，但嘴型不可以嘟起來喔。

▶ **タ行** MP3 034

片假名	タ	チ	ツ	テ	ト
寫寫看	タ	チ	ツ	テ	ト
單字 （中譯）	タオル （毛巾）	チキン （雞肉）	スーツ （西裝）	テスト （考試、測驗）	トイレ （廁所）

小叮嚀： 「チ」發音時，嘴巴扁平，發出類似「七」的聲音。另外，「タ・チ・ツ・テ・ト」有時候會變成無氣音。

▶ **ナ行** MP3 035

片假名	ナ	ニ	ヌ	ネ	ノ
寫寫看	ナ	ニ	ヌ	ネ	ノ
單字 （中譯）	ナイフ （刀子）	テニス （網球）	カヌー （獨木舟）	ネクタイ （領帶）	ノート （筆記本）

小叮嚀： 「ニ」發音時，舌頭抵往上齒。

▶ **ハ行** MP3 036

片假名	ハ	ヒ	フ	ヘ	ホ
寫寫看	ハ	ヒ	フ	ヘ	ホ
單字 （中譯）	ハンサム （帥的）	ヒント （提示、暗示）	フカヒレ （魚翅）	ヘア （頭髮、毛）	ホテル （飯店）

小叮嚀： 「フ」發音時，以扁唇來發出，不可以把嘴唇嘟起來喔。

▶ **マ行** MP3 037

片假名	マ	ミ	ム	メ	モ
寫寫看	マ	ミ	ム	メ	モ
單字（中譯）	マスク（口罩、面具）	ミス（錯誤、失敗、小姐（未婚女性敬稱））	ハム（火腿）	メモ（筆記）	モラル（道德）

小叮嚀： 「ミ」發音時，嘴巴要扁平；「モ」發音時，嘴唇為圓形。

▶ **ヤ行** MP3 038

片假名	ヤ		ユ		ヨ
寫寫看	ヤ		ユ		ヨ
單字（中譯）	ヤクルト（養樂多）		ユーモア（幽默）		ヨガ（瑜珈）

小叮嚀： 「ユ」發音時，嘴角向中間靠攏。

▶ **ラ行** MP3 039

片假名	ラ	リ	ル	レ	ロ
寫寫看	ラ	リ	ル	レ	ロ
單字 （中譯）	ライチ （荔枝）	リモコン （遙控器）	ルール （規則）	レモン （檸檬）	ロト （彩券）

小叮嚀： 「ラ・リ・ル・レ・ロ」這些字，發音與英文「r」不同，千萬不可把舌頭捲起來發喔。

▶ **ワ行** MP3 040

片假名	ワ				ヲ
寫寫看	ワ				ヲ
單字 （中譯）	ワンタン （餛飩）				

小叮嚀： 「ヲ」只能當助詞來使用，表示動作作用的對象，在單字中不會出現。

片假名	ン
寫寫看	ン
單字 （中譯）	レストラン （餐廳）

小叮嚀：「ン」一定是出現在詞彙的中間或最後。發音時，嘴巴微張發出類似注音符號的「ㄥ」。

（2）濁音、半濁音

濁音

　　顧名思義，濁音是喉嚨會震動的音，聽起來有一點混濁。書寫時，在假名的右上方點上兩點即可。

▶ **ガ行** MP3 041				
片假名	ガ	キ゛	ク゛	ケ゛	ゴ
寫寫看	ガ	ギ	グ	ゲ	ゴ
單字（中譯）	ガム（口香糖）	ギター（吉他）	グラス（玻璃杯）	ゲーム（遊戲）	ゴルフ（高爾夫球）

▶ **ザ行** MP3 042				
片假名	サ゛	シ゛	ズ	ゼ	ソ゛
寫寫看	ザ	ジ	ズ	ゼ	ゾ
單字（中譯）	モザイク（馬賽克）	ラジオ（收音機）	ズボン（褲子）	ゼロ（零）	ゾンビ（殭屍）

小叮嚀：　「ザ行」是對華人來說較不好唸的音，因此要注意聽老師發的音，多加練習喔。

ダ行 MP3 043

片假名	タ	チ	ツ	テ	ド
寫寫看	ダ	ヂ	ツ	デ	ド
單字（中譯）	ダム（水庫）			デモ（示威）	ドア（門）

小叮嚀： 隨著時代的變遷，「ヂ」、「ツ」這些字幾乎不使用。

バ行 MP3 044

片假名	バ	ビ	ブ	ベ	ボ
寫寫看	バ	ビ	ブ	ベ	ボ
單字（中譯）	バナナ（香蕉）	ビル（大樓、大廈）	ブログ（部落格）	ベーコン（培根）	ボタン（鈕扣、按鈕）

半濁音

半濁音是雙唇摩擦的音。書寫時，在假名的右上方點上一個小小的圓圈即可。

▶ パ行	MP3 045				
片假名	パ	ピ	プ	ペ	ポ
寫寫看	パ	ピ	プ	ペ	ポ
單字（中譯）	パン（麵包）	ピンク（粉紅色）	プロ（專家）	ペン（筆）	ポイント（重點）
		pink.			LESSON 1 Chapter1

小叮嚀： 發音時不要送太多氣音，輕輕的就好喔。

（3）拗音

把「ヤ」、「ユ」、「ヨ」三個假名寫成小的文字「ャ」、「ュ」、「ョ」，接在清音、濁音、半濁音的右邊，合併起來的字叫做「拗音」。看起來是兩個假名，但是其實只是一個字，也只唸成一個音。

▶ **キ＋ャ＝キャ** MP3 046

片假名	キャ	キュ	キョ
寫寫看	キャ	キュ	キョ
單字 （中譯）	キャンプ （露營）	バーベキュー （烤肉）	キョロキョロ （東張西望）

▶ **シ＋ャ＝シャ** MP3 047

片假名	シャ	シュ	ショ
寫寫看	シャ	シュ	ショ
單字 （中譯）	シャツ （襯衫）	シュークリーム （泡芙）	ショッピング （購物）

▶ チ + ャ = チャ　MP3 048

片假名	チャ	チュ	チョ
寫寫看	チャ	チュ	チョ
單字（中譯）	ケチャップ（番茄醬）	チューブ（軟管）	チョコレート（巧克力）

▶ ニ + ャ = ニャ　MP3 049

片假名	ニャ	ニュ	ニョ
寫寫看	ニャ	ニュ	ニョ
單字（中譯）	コニャック（干邑白蘭地）	ニュース（新聞、消息）	ニョロニョロ（長條生物扭來扭去、蠕動）

▶ ヒ + ャ = ヒャ MP3 050

片假名	ヒャ	ヒュ	ヒョ
寫寫看	ヒャ	ヒュ	ヒョ
單字 (中譯)		ヒューマン （人類、人道、有人性（的））	

▶ ミ + ャ = ミャ MP3 051

片假名	ミャ	ミュ	ミョ
寫寫看	ミャ	ミュ	ミョ
單字 (中譯)	ミャンマー （緬甸）	ミュージック （音樂）	

▶ リ＋ャ＝リャ MP3 052

片假名	リャ	リュ	リョ
寫寫看	リャ	リュ	リョ
單字（中譯）	リャマ（駱馬）	リュウガン（龍眼）	リョクトウ（綠豆）

▶ ギ＋ャ＝ギャ MP3 053

片假名	ギャ	ギュ	ギョ
寫寫看	ギャ	ギュ	ギョ
單字（中譯）	ギャル（年輕女孩、辣妹）	レギュラー（正式成員、正規（的））	ギョーザ（餃子）

▶ ジ＋ャ＝ジャ　MP3 054

片假名	ジャ	ジュ	ジョ
寫寫看	ジャ	ジュ	ジョ
單字（中譯）	ジャム（果醬）	ジュース（果汁）	ジョーク（玩笑、笑話）

▶ ビ＋ャ＝ビャ　MP3 055

片假名	ビャ	ビュ	ビョ
寫寫看	ビャ	ビュ	ビョ
單字（中譯）		インタビュー（採訪、面試）	

▶ **ピ + ャ = ピャ** MP3 056

片假名	ピャ	ピュ	ピョ
寫寫看	ピャ	ピュ	ピョ
單字 （中譯）		ピュア （純淨的）	

（4）長音、促音 MP3 057

長音

顧名思義，它是拉長的聲音。片假名時用「ー」，與平假名不同喔。

片假名單字	アート（藝術）	ビール（啤酒）	プール（游泳池）	セーター（毛衣）	コーヒー（咖啡）

促音

把タ行的「ツ」寫成小的文字，接在其它假名的右邊。發音方法為發完前面的音，停頓一拍後，再發後面的音即可。多聽老師的發音，並多加練習吧！

片假名單字	パイナップル（鳳梨）	ツイッター（Twitter、推特）	ベッド（床）	ペット（寵物）	ロッジ（山中小屋）

三、以招呼用語學會五十音

MP3
058

　　語言的基本都在打招呼，我們利用簡單實用的招呼用語來學習五十音吧。不用多想，這裡的文字是填空式，請你邊聽邊寫，全部都背起來吧！

おはよう。（早安。）

お	は	よ	う	。
お	は	よ	う	。

こんにちは。（你好。）

こ	ん	に	ち	は	。
こ	ん	に	ち	は	。

すみません。（不好意思。抱歉。打擾了。）

す	み	ま	せ	ん	。
す	み	ま	せ	ん	。

さようなら。（再見。）

さ	よ	う	な	ら	。
さ	よ	う	な	ら	。

ありがとう。（謝謝。）

あ	り	が	と	う	。
あ	り	が	と	う	。

どうぞよろしく。（請多多指教。）

ど	う	ぞ	よ	ろ	し	く	。
ど	う	ぞ	よ	ろ	し	く	。

おげんきですか。（你好嗎？）

お	げ	ん	き	で	す	か	。
お	げ	ん	き	で	す	か	。

四、五十音表

五十音圖表（平假名）

清音 MP3 059

	あ行	か行	さ行	た行	な行	は行	ま行	や行	ら行	わ行	
あ段 (a)	あ	か	さ	た	な	は	ま	や	ら	わ	ん
	a	ka	sa	ta	na	ha	ma	ya	ra	wa	n
い段 (i)	い	き	し	ち	に	ひ	み		り		
	i	ki	shi	chi	ni	hi	mi		ri		
う段 (u)	う	く	す	つ	ぬ	ふ	む	ゆ	る		
	u	ku	su	tsu	nu	fu	mu	yu	ru		
え段 (e)	え	け	せ	て	ね	へ	め		れ		
	e	ke	se	te	ne	he	me		re		
お段 (o)	お	こ	そ	と	の	ほ	も	よ	ろ	を	
	o	ko	so	to	no	ho	mo	yo	ro	wo	

濁音、半濁音 MP3 060

が	ざ	だ	ば	ぱ
ga	za	da	ba	pa
ぎ	じ	ぢ	び	ぴ
gi	ji	ji	bi	pi
ぐ	ず	づ	ぶ	ぷ
gu	zu	zu	bu	pu
げ	ぜ	で	べ	ぺ
ge	ze	de	be	pe
ご	ぞ	ど	ぼ	ぽ
go	zo	do	bo	po

Tips

1「じ」與「ぢ」的發音都是【ji】，「ず」與「づ」的發音都是【zu】。

2「行」所指的是圖中直向的部分，一般以子音來區分，如：た行：たちつてと、ま行：まみむめも。「段」所指的則是圖中橫向的部分，一般以母音結尾，如：あ段 (a)：あかさたなはまやらわ、え段 (e)：えけせてねへめれ。

拗音 MP3 061

きゃ	しゃ	ちゃ	にゃ	ひゃ	みゃ	りゃ
kya	sha	cha	nya	hya	mya	rya
きゅ	しゅ	ちゅ	にゅ	ひゅ	みゅ	りゅ
kyu	shu	chu	nyu	hyu	myu	ryu
きょ	しょ	ちょ	にょ	ひょ	みょ	りょ
kyo	sho	cho	nyo	hyo	myo	ryo

ぎゃ	じゃ	びゃ	ぴゃ
gya	ja	bya	pya
ぎゅ	じゅ	びゅ	ぴゅ
gyu	ju	byu	pyu
ぎょ	じょ	びょ	ぴょ
gyo	jo	byo	pyo

　　只要掌握五十音圖表，使用日文辭典也不困難了。像國語辭典為依照「ㄅㄆㄇㄈ」的順序來編排，日文辭典也是依照五十音圖的順序編排，因此你就可以輕輕鬆鬆查詢，非常方便！

PART 2
運用基本句型與
好用單字

　　大家都知道在學習日文的過程中，如果不懂五十音，就無法學習日文。但五十音光是一個一個死記，既無聊又痛苦。有了這本書就不用怕，一邊聽一邊寫，不但能熟記五十音的發音，同時還能學習日文的基本句型，打下日文基礎中的基礎，簡單迅速跨過日文學習門檻！

學習目標	運用單字
一、～は～です。	姓名、國籍
二、～は～ではありません。	家族成員、關係
三、～は～ですか。	職業、職稱
四、ここ／そこ／あそこは～です。	地點、場所、機關行號
五、～はいくら／いつ／どこ／だれ／なんですか。	人、事、物品
六、この／その／あの～は～のです。どの～が～のですか。	物品
七、～から～まで	地點、場所、機關行號
八、～をください。	食物、飲料

一、 **學習目標：～は～です。（～是～。）**
　　 運用單字：姓名、國籍

MP3
062

| 主語 | 助詞 | 名詞 | 助動詞 |

わたし　は　り　です。
　我　　助詞　李　　是

漢字寫法 ➡ 私は李です。
　　　　　（我姓李。）

POINT

・「は」為助詞，接在主語之後。「は」本來是唸成< ha >，但當做助詞使用時則須唸成< wa >。

・「～です」為「是～」的意思，屬於肯定句。要造肯定句的話，只要在名詞後面加上「です」即可。

✔ 換個單字說說看

① あなた は にほんじん です。
　　　你　　助詞　　日本人　　　　是

漢字寫法 ➡ あなたは日本人です。
　　　　　（你是日本人。）

> 單字 Check
> ・あなた（你）
> ・にほんじん【日本人】
> 　（日本人）

② かのじょ は たいわんじん です。
　　　　她　　助詞　　台灣人　　　　是

漢字寫法 ➡ 彼女は台湾人です。
　　　　　（她是台灣人。）

> 單字 Check
> ・かのじょ【彼女】（她）
> ・たいわんじん【台湾人】
> 　（台灣人）

✅ 換個單字寫寫看 MP3 063

1. わたしはがいこくじんです。

（我是外國人。）

單字 Check
・わたし【私】（我）
・がいこくじん【外国人】
（外國人）

わ	た	し	は				
が	い	こ	く	じ	ん	で	す	。

漢字寫法 ➡ 私は外国人です。

2. かれはアメリカじんです。

（他是美國人。）

單字 Check
・かれ【彼】（他）
・アメリカじん【アメリカ人】
（美國人）

か	れ	は					
ア	メ	リ	カ	じ	ん	で	す	。

漢字寫法 ➡ 彼はアメリカ人です。

3. わたしはちんです。

（我姓陳。）

單字 Check
・ちん【陳】（陳）

わ	た	し	は	ち	ん	で	す	。

漢字寫法 ➡ 私は陳です。

4. あなたはともだちです。

（你是朋友。）

單字 Check
・ともだち【友達】（朋友）

あ	な	た	は	と	も	だ	ち	で	す	。

漢字寫法 ➡ あなたは友達です。

PART 2

運用基本句型與好用單字

一、～は～です。（～是～。）

55

✅ 代換練習 1 ^{MP3} 064

　　我們一起把下方句子裡的「おう【王】（王）」，換成別的單字寫寫看吧。

わたしは おう です。

漢字寫法 ➡ 私は王です。
　　　　　（我姓王。）

▸ **さい【蔡】**（蔡）

わたしはさいです。

▸ **りん【林】**（林）

わたしはりんです。

▸ **そ【曾】**（曾）

わたしはそです。

▸ **よう【楊／葉】**（楊／葉）

わたしはようです。

▸ **こう【黃／洪／高／江】**（黃／洪／高／江）

わたしはこうです。

▸ **らい【賴】**（賴）

わたしはらいです。

● 代換練習 2　[MP3 065]

我們一起把下方句子裡的「ちゅうごくじん【中国人】（中國人）」，換成別的單字寫寫看吧。

かれは ちゅうごくじん です。

漢字寫法 ➡ 彼(かれ)は中国人(ちゅうごくじん)です。
（他是中國人。）

▶ かんこくじん【韓国人】（韓國人）

かれはかんこくじんです。

▶ ほんこんじん【香港人】（香港人）

かれはほんこんじんです。

▶ フランスじん【フランス人】（法國人）

かれはフランスじんです。

▶ タイじん【タイ人】（泰國人）

かれはタイじんです。

▶ インドじん【インド人】（印度人）

かれはインドじんです。

▶ イギリスじん【イギリス人】（英國人）

かれはイギリスじんです。

二、

學習目標：～は～ではありません。
（～不是～。）

運用單字：家族成員、關係

主語	助詞	名詞		助動詞

かれ　は　ちち　ではありません。

他　　　助詞　　父親　　　　　　　　　不是

漢字寫法 ➡ 彼は父ではありません。
（他不是父親。）

POINT

・「～ではありません」與「～ではないです」為「不是～」的意思，屬於否定形的表現。

・「～で<u>は</u>ありません」的「は」也不是唸< ha >，而是唸成< wa >。

✔ **換個單字說說看**

① あなた は かぞく ではありません。

你　　　助詞　　家人　　　　　　不是

漢字寫法 ➡ あなたは家族ではありません。
（你不是家人。）

單字 Check
・あなた（你）
・かぞく【家族】（家人）

② かのじょ は はは ではありません。

她　　　助詞　母親　　　　　不是

漢字寫法 ➡ 彼女は母ではありません。
（她不是母親。）

單字 Check
・かのじょ【彼女】（她）
・はは【母】（母親）

● 換個單字寫寫看 MP3 067

1. わたしはちちではありません。
（我不是父親。）

わ	た	し	は

ち	ち	で	は	あ	り	ま	せ	ん	。

單字 Check

- わたし【私】（我）
- ちち【父】（父親）

漢字寫法 ➡ 私は父ではありません。

2. かれはむすこではありません。
（他不是兒子。）

か	れ	は

む	す	こ	で	は	あ	り	ま	せ	ん	。

單字 Check

- かれ【彼】（他）
- むすこ【息子】（兒子）

漢字寫法 ➡ 彼は息子ではありません。

3. かのじょはむすめではありません。
（她不是女兒。）

單字 Check

- むすめ【娘】（女兒）

か	の	じょ	は

む	す	め	で	は	あ	り	ま	せ	ん	。

漢字寫法 ➡ 彼女は娘ではありません。

4. あなたはきょうだいではありません。
（你不是兄弟姊妹。）

あ	な	た	は	きょ	う	だ	い	で	は

あ	り	ま	せ	ん	。

單字 Check

- きょうだい【兄弟】（兄弟姊妹）

漢字寫法 ➡ あなたは兄弟ではありません。

代換練習 1 MP3 068

我們一起把下方句子裡的「いもうと【妹】（妹妹）」，換成別的單字寫寫看吧。

わたしは いもうと ではありません。

漢字寫法 ➡ 私は妹ではありません。
（我不是妹妹。）

▸ おとうと【弟】（弟弟）

わたしはおとうとではありません。

▸ あに【兄】（哥哥）

わたしはあにではありません。

▸ あね【姉】（姊姊）

わたしはあねではありません。

▸ おっと【夫】（先生、丈夫）

わたしはおっとではありません。

▸ つま【妻】（妻子、太太）

わたしはつまではありません。

▸ しまい【姉妹】（姊妹）

わたしはしまいではありません。

● 代換練習 2　MP3 069

　　我們一起把下方句子裡的「そふ【祖父】（祖父）」，換成別的單字寫寫看吧。

かれはそふではありません。

漢字寫法 ➡ 彼は祖父ではありません。

　　　　　（他不是祖父。）

▸ おい【甥】（姪子、外甥）

かれはおいではありません。

▸ まご【孫】（孫子）

かれはまごではありません。

▸ こども【子供】（孩子）

かれはこどもではありません。

▸ おや【親】（父母）

かれはおやではありません。

▸ いとこ【従兄弟、従姉妹】（堂、表兄弟姊妹）

かれはいとこではありません。

▸ しんせき【親戚】（親戚）

かれはしんせきではありません。

三、 學習目標：～は～ですか。（～是～嗎？）
運用單字：職業、職稱

主語	助詞	名詞	助動詞＋疑問助詞
ごさん	は	せんせい	ですか。
吳先生	助詞	老師	是～嗎？

漢字寫法 ➡ 呉(ご)さんは先生(せんせい)ですか。
（吳先生是老師嗎？）

POINT

- 「さん」為「先生／小姐」的意思，接在人名後面，屬於禮貌性的稱呼。
- 「さん」還可以接在公司職稱或職級的後面，例如：「しゃちょうさん【社長さん】（社長、總經理）」、「ぶちょうさん【部長さん】（部長）」等。但是，同一個公司的同事之間不能使用，而直接以職稱或職級稱之，例如：「しゃちょう【社長】」、「ぶちょう【部長】」等。
- 「か」為「～嗎？」的意思，接在句子的最後即可。

✔ 換個單字說說看

① かれ は がくせい ですか。

他	助詞	學生	是～嗎？

漢字寫法 ➡ 彼(かれ)は学生(がくせい)ですか。
（他是學生嗎？）

單字 Check
- がくせい【学生】（學生）
- か（嗎？）

② かくさん は せんせい ですか。

郭先生	助詞	老師	是～嗎？

漢字寫法 ➡ 郭(かく)さんは先生(せんせい)ですか。
（郭先生是老師嗎？）

單字 Check
- かくさん【郭さん】
  （郭先生／小姐）
- せんせい【先生】（老師）

✅ 換個單字寫寫看

1. あなたはかいしゃいんですか。

（你是上班族嗎？）

あ	な	た	は					
か	い	しゃ	い	ん	で	す	か	。

漢字寫法 ➡ あなたは会社員ですか。

2. かれはいしゃですか。

（他是醫生嗎？）

か	れ	は	い	しゃ	で	す	か	。

漢字寫法 ➡ 彼は医者ですか。

3. かのじょはかんごしですか。

（她是護士嗎？）

か	の	じょ	は					
か	ん	ご	し	で	す	か	。	

漢字寫法 ➡ 彼女は看護師ですか。

4. ろさんはせんぎょうしゅふですか。

（呂小姐是家庭主婦嗎？）

ろ	さ	ん	は					
せ	ん	ぎょう	しゅ	ふ	で	す	か	。

漢字寫法 ➡ 呂さんは専業主婦ですか。

☑ 代換練習 1　MP3 072

我們一起把下方句子裡的「かしゅ【歌手】（歌手）」，換成別的單字寫寫看吧。

あなたは かしゅ ですか。

漢字寫法 ➡ あなたは歌手ですか。
（你是歌手嗎？）

▸ **ぎんこういん【銀行員】**（銀行人員）

あなたはぎんこういんですか。

▸ **びようし【美容師】**（髮型設計師）

あなたはびようしですか。

▸ **こうむいん【公務員】**（公務員）

あなたはこうむいんですか。

▸ **コック**（廚師）

あなたはコックですか。

▸ **エンジニア**（工程師）

あなたはエンジニアですか。

▸ **セールスマン**（業務員）

あなたはセールスマンですか。

代換練習 2 MP3 073

我們一起把下方句子裡的「しゃちょう【社長】（社長、總經理）」，換成別的單字寫寫看吧。

かれは しゃちょう ですか。

漢字寫法 ➡ 彼は社長ですか。

（他是社長嗎？）

▸ ぶちょう【部長】（部長）

かれはぶちょうですか。

▸ かちょう【課長】（課長）

かれはかちょうですか。

▸ かかりちょう【係長】（股長）

かれはかかりちょうですか。

▸ ひしょ【秘書】（祕書）

かれはひしょですか。

▸ じょうし【上司】（上司）

かれはじょうしですか。

▸ ぶか【部下】（部屬、部下）

かれはぶかですか。

四、

學習目標：ここ／そこ／あそこは〜です。
　　　　（這裡／那裡／那裡是〜。）

運用單字：地點、場所、機關行號

| 主語 | 助詞 | 名詞 | 助動詞 |

ここ　は　こうえん　です。

這裡　　助詞　　　公園　　　　是

漢字寫法 ➡ ここは公園です。
（這裡是公園。）

POINT

・「ここ」、「そこ」、「あそこ」為與場所或位置有關的指示代名詞。

・依據與說話者和聽話者的距離，用法區分為：

ここ	這裡、這邊	位置距離說話者較近的地方。
そこ	那裡、那邊	位置距離說話者稍遠，距離聽話者較近的地方。
あそこ	那裡、那邊	位置距離說話者與聽話者皆很遠的地方。

✓ 換個單字說說看

① ここ は ホテル です。

這裡　　助詞　　飯店　　　是

（這裡是飯店。）

單字 Check

・ここ（這裡、這邊）
・ホテル（飯店）

② そこ は がっこう です。

那裡　　助詞　　　學校　　　　是

漢字寫法 ➡ そこは学校です。
（那裡是學校。）

單字 Check

・そこ（那裡、那邊）
・がっこう【学校】（學校）

✓ 換個單字寫寫看　MP3 075

1. そこはえきです。
（那裡是車站。）

・えき【駅】（車站）

| そ | こ | は | え | き | で | す | 。 |

漢字寫法 ➡ そこは駅^{えき}です。

2. ここはバスていです。
（這裡是公車站。）

・バスてい【バス停】
（公車站）

| こ | こ | は | バ | ス | て | い | で | す | 。 |

漢字寫法 ➡ ここはバス停^{てい}です。

3. あそこはぎんこうです。
（那裡是銀行。）

・あそこ（那裡、那邊）
・ぎんこう【銀行】（銀行）

| あ | そ | こ | は | ぎ | ん | こ | う | で | す | 。 |

漢字寫法 ➡ あそこは銀行^{ぎんこう}です。

4. そこはびょういんです。
（那裡是醫院。）

單字 Check
・びょういん【病院】（醫院）

| そ | こ | は | びょ | う | い | ん | で | す | 。 |

漢字寫法 ➡ そこは病院^{びょういん}です。

PART 2

運用基本句型與好用單字

四、ここ／そこ／あそこは～です。（這裡／那裡／那裡是～。）

⊙ 代換練習 1 ‚MP3 076

我們一起把下方句子裡的「かいしゃ【会社】（公司）」，換成別的單字寫寫看吧。

あそこは かいしゃ です。

漢字寫法 ➡ あそこは 会社 です。
（那裡是公司。）

▶ いえ【家】（家）

あそこは いえ です。

▶ くうこう【空港】（機場）

あそこは くうこう です。

▶ レストラン（餐廳）

あそこは レストラン です。

▶ きっさてん【喫茶店】（咖啡廳）

あそこは きっさてん です。

▶ すしや【寿司屋】（壽司店）

あそこは すしや です。

▶ ラーメンや【ラーメン屋】（拉麵店）

あそこは ラーメンや です。

✓ 代換練習 2 ^{MP3} 077

我們一起把下方句子裡的「コンビニ（便利商店）」，換成別的單字寫寫看吧。

そこは コンビニ です。

（那裡是便利商店。）
（註）「コンビニ」為「コンビニエンスストア」的簡稱。

▸ **スーパー**（超市；「スーパー」為「スーパーマーケット」、「スーパーストア」的簡稱）

そこはスーパーです。

▸ **デパート**（百貨公司；「デパート」為「デパートメントストア」的簡稱）

そこはデパートです。

▸ **でんきや【電気屋】**（電器行）

そこはでんきやです。

▸ **ドラッグストア**（藥局）

そこはドラッグストアです。

▸ **えいがかん【映画館】**（電影院）

そこはえいがかんです。

▸ **ゆうびんきょく【郵便局】**（郵局）

そこはゆうびんきょくです。

五、 學習目標：～はいくら／いつ／どこ／だれ／なんですか。（～是～呢？）

運用單字：人、事、物品

MP3
078

主語	助詞	疑問詞	助動詞＋疑問助詞
それ	**は**	**いくら**	**ですか。**
那個	助詞	多少錢	是～呢？

（那個是多少錢呢？）

POINT

・「～ですか」為「是～呢？」的意思，句子最後加上「か」就會變成疑問句。

・「いくら」為「多少錢」的意思，是很好用的疑問詞。同樣用法的還有下面這些：

いつ	時間、時間點	什麼時候？
どこ	場所、位置	哪裡？
だれ	人	誰？（想要禮貌一點，就用「どなた（哪一位）」）
なに／なん	事物	什麼？

✔ 換個單字說說看

① トイレ は どこ ですか。

　　 廁所　 助詞　 哪裡　　 是～呢？

（廁所在哪裡呢？）

單字 Check
・トイレ（廁所）
・どこ（哪裡）

② かれ は だれ ですか。

　　 他　 助詞　 誰　　 是～呢？

漢字寫法 ➡ 彼は誰ですか。
かれ　だれ
　　　（他是誰呢？）

單字 Check
・だれ【誰】（誰）

70

✅ 換個單字寫寫看 MP3 079

1. これはいくらですか。
（這個是多少錢呢？）

單字 Check
・これ（這個）
・いくら（多少錢）

こ	れ	は	い	く	ら	で	す	か	。

2. それはなんですか。
（那個是什麼呢？）

單字 Check
・それ（那個）
・なん【何】（什麼）

そ	れ	は	な	ん	で	す	か	。	

漢字寫法 ➡ それは<ruby>何<rt>なん</rt></ruby>ですか。

3. やすみはいつですか。
（休假是什麼時候呢？）

單字 Check
・やすみ【休み】（休假）
・いつ（什麼時候）

や	す	み	は	い	つ	で	す	か	。

漢字寫法 ➡ <ruby>休<rt>やす</rt></ruby>みはいつですか。

4. いえはどこですか。
（家在哪裡呢？）

單字 Check
・いえ【家】（家）

い	え	は	ど	こ	で	す	か	。

漢字寫法 ➡ <ruby>家<rt>いえ</rt></ruby>はどこですか。

五、～はいくら／いつ／どこ／だれ／なんですか。（～是～呢？）

✅ 代換練習 1 MP3 080

我們一起把下方句子裡的「スマホ（智慧型手機；「スマートフォン」的簡稱）」，換成別的單字寫寫看吧。

スマホはいくらですか。
（智慧型手機是多少錢呢？）

▸ **けいたい【携帯】**（手機、攜帶）

けいたいはいくらですか。

▸ **めがね【眼鏡】**（眼鏡）

めがねはいくらですか。

▸ **くつ【靴】**（鞋子）

くつはいくらですか。

▸ **かさ【傘】**（傘）

かさはいくらですか。

▸ **ズボン**（褲子）

ズボンはいくらですか。

▸ **スカート**（裙子）

スカートはいくらですか。

✔ 代換練習 2 MP3 081

我們一起把下方句子裡的「テスト（考試）」，換成別的單字寫寫看吧。

テストはいつですか。

（考試是什麼時候呢？）

▶ しゅっぱつ【出発】（出發）

しゅっぱつはいつですか。

▶ けっこんしき【結婚式】（結婚典禮）

けっこんしきはいつですか。

▶ めんせつ【面接】（面試）

めんせつはいつですか。

▶ たんじょうび【誕生日】（生日）

たんじょうびはいつですか。

▶ デート（約會）

デートはいつですか。

▶ のみかい【飲み会】（聚餐；在日本大部分都是喝酒、吃飯、聊天的聚會）

のみかいはいつですか。

PART 2

運用基本句型與好用單字

五、～はいくら／いつ／どこ／だれ／なんですか。（～是～呢？）

六、

學習目標：この／その／あの～は～のです。
（這個／那個／那個～是～的。）
どの～が～のですか。（哪個～是～的呢？）

運用單字：物品

MP3
082

| 主語 | 事物 | 助詞 | 代名詞＋格助詞 | 助動詞 |

この　ほん　は　わたしの　です。

這個（這本）　　書　　　助詞　　　　我的　　　　　是

漢字寫法 ➡ この本は私のです。
（這本書是我的。）

POINT

・「この」為「這個～」的意思，用來修飾緊接在後的名詞。要注意的是，它的後面必須要加上名詞，不可以單獨使用喔。

この	這個	接在後面的名詞其位置靠近說話者時。
その	那個	接在後面的名詞其位置靠近聽話者時。
あの	那個	接在後面的名詞其位置離說話者與聽話者都很遠時。
どの	哪個	接在後面的名詞其位置為說話者與聽話者都不清楚時。

・「わたしの」的「の」為「的」的意思，用法與中文的「的」差不多。

✔ 換個單字說說看

①その くつ は おとうとの です。

　　　那個　　鞋子　助詞　　弟弟　　　的　　　是

漢字寫法 ➡ その靴は弟のです。
（那雙鞋子是弟弟的。）

單字 Check
・その（那個）
・くつ【靴】（鞋子）
・おとうと【弟】（弟弟）

②あの パソコン は ちちの です。

　　　那個　　個人電腦　　助詞　父親　的　　是

漢字寫法 ➡ あのパソコンは父のです。
（那台個人電腦是父親的。）

單字 Check
・あの（那個）
・パソコン（個人電腦）
・ちち【父】（父親）

✔ 換個單字寫寫看 MP3 083

1. このざっしはかのじょのです。

（這本雜誌是她的。）

こ	の	ざ	っ	し	は
か	の	じょ	の	で	す	。

單字 Check
・この（這個）
・ざっし【雑誌】（雜誌）

漢字寫法 ➡ この雑誌は彼女のです。

2. そのイヤホンはかれのです。

（那個耳機是他的。）

單字 Check
・イヤホン（耳機）

そ	の	イ	ヤ	ホ	ン	は
か	れ	の	で	す	。

漢字寫法 ➡ そのイヤホンは彼のです。

3. あのペンはせんせいのです。

（那支筆是老師的。）

單字 Check
・ペン（筆）
・せんせい【先生】（老師）

あ	の	ペ	ン	は
せ	ん	せ	い	の	で	す	。

漢字寫法 ➡ あのペンは先生のです。

4. どのえがあなたのですか。

（哪一幅畫是你的呢？）

單字 Check
・どの（哪個）
・え【絵】（畫）

ど	の	え	が	あ	な	た	の	で	す	か	。

漢字寫法 ➡ どの絵があなたのですか。

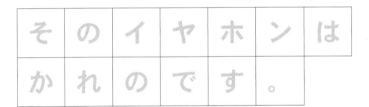

PART 2

運用基本句型與好用單字

六、この／その／あの～は～のです。（這個／那個／那個～是～的。）
どの～が～のですか。（哪個～是～的呢？）

✓ 代換練習 1 ▢ MP3 084

我們一起把下方句子裡的「おかね【お金】（錢）」，換成別的單字寫寫看吧。

その おかね はわたしのです。

漢字寫法 ➡ その お金 は 私 のです。

（那個錢是我的。）

▸ **ゆびわ【指輪】**（戒指）

その ゆびわ はわたしのです。

▸ **とけい【時計】**（鐘錶）

その とけい はわたしのです。

▸ **かつら**（假髮）

その かつら はわたしのです。

▸ **タオル**（毛巾）

その タオル はわたしのです。

▸ **ハンカチ**（手帕）

その ハンカチ はわたしのです。

▸ **ネクタイ**（領帶）

その ネクタイ はわたしのです。

我們一起把下方句子裡的「おかし【お菓子】（點心、零食）」，換成別的單字寫寫看吧。

そのおかしはいもうとのです。

漢字寫法 ➡ そのお菓子は妹のです。
（那個點心是妹妹的。）

▶ あめ【飴】（糖果）

そのあめはいもうとのです。

▶ せんべい【煎餅】（米果）

そのせんべいはいもうとのです。

▶ だいふく【大福】（大福；包紅豆泥的麻糬甜點）

そのだいふくはいもうとのです。

▶ ガム（口香糖）

そのガムはいもうとのです。

▶ クッキー（餅乾）

そのクッキーはいもうとのです。

▶ ケーキ（蛋糕）

そのケーキはいもうとのです。

PART 2

運用基本句型與好用單字

六、この／その／あの～は～のです。（這個／那個／那個～是～的。）
どの～が～のですか。（哪個～是～的呢？）

七、
學習目標：～から～まで（從～到～）

運用單字：地點、場所、機關行號

| 名詞 | 助詞 | 名詞 | 助詞 | 連語 | 助動詞＋疑問助詞 |

ここ から ホテル まで どのくらい ですか。
這裡　　從　　飯店　　到　　　大約多久　　　是～呢？

（從這裡到飯店大約多久呢？）

POINT

・這裡要學習的是表示空間的起點與終點，也就是距離的範圍。

・「から」前面的名詞為起點，「まで」前面的名詞為終點，兩個一起用就是「從～
到～」的意思。

● 換個單字說說看

① いえ から えき まで どのくらいですか。
家裡　助詞　車站　助詞　　　大約多久呢？

漢字寫法 ➡ 家(いえ)から駅(えき)までどのくらいですか。
（從家裡到車站大約多久呢？）

單字 Check
・いえ【家】（家）
・から（從）
・えき【駅】（車站）
・まで（到）
・どの（哪個）
・くらい（大約、大概）

② えき から かいしゃ まで すぐ です。
車站　助詞　　公司　　助詞　很近　是

漢字寫法 ➡ 駅(えき)から会社(かいしゃ)まですぐです。
（從車站到公司很近。）

單字 Check
・かいしゃ【会社】（公司）
・すぐ（很近、很快）

✅ 換個單字寫寫看　MP3 087

1. ここからそこまでどのくらいですか。

（從這裡到那裡大約多久呢？）

こ	こ	か	ら	そ	こ	ま	で
ど	の	く	ら	い	で	す	か	。

2. そこからここまですぐです。

（從那裡到這裡很近。）

そ	こ	か	ら	こ	こ	ま	で
す	ぐ	で	す	。			

3. いえからびよういんまでどのくらいですか。

（從家裡到美髮店大約多久呢？）

┌─ 單字 Check

・びょういん【美容院】（美髮店）

い	え	か	ら	び	よ	う	い	ん	ま	で
ど	の	く	ら	い	で	す	か	。		

漢字寫法 ➡ 家から美容院までどのくらいですか。

4. えきからがっこうまですぐです。

（從車站到學校很近。）

え	き	か	ら	が	っ	こ	う	ま	で
す	ぐ	で	す	。					

┌─ 單字 Check

・がっこう【学校】（學校）

漢字寫法 ➡ 駅から学校まですぐです。

✅ 代換練習 1 MP3 088

我們一起把下方句子裡的「じんじゃ【神社】（神社）」，換成別的單字寫寫看吧。

じんじゃ まで どのくらいですか。

漢字寫法 ➡ 神社までどのくらいですか。
（到神社大約要多久呢？）

▶ おてら【お寺】（寺廟）

おてらまでどのくらいですか。

▶ とこや【床屋】（理髮店）

とこやまでどのくらいですか。

▶ せんとう【銭湯】（澡堂）

せんとうまでどのくらいですか。

▶ すしや【寿司屋】（壽司店）

すしやまでどのくらいですか。

▶ いざかや【居酒屋】（居酒屋）

いざかやまでどのくらいですか。

▶ いちば【市場】（市場）

いちばまでどのくらいですか。

● 代換練習 2 〔MP3 089〕

我們一起把下方句子裡的「どうぶつえん【動物園】（動物園）」，換成別的單字寫寫看吧。

ここから どうぶつえん まですぐです。

漢字寫法 ➡ ここから**動物園**まですぐです。
（從這裡到動物園很近。）

▶ こうばん【交番】（派出所）

ここからこうばんまですぐです。

▶ ゆうえんち【遊園地】（遊樂園）

ここからゆうえんちまですぐです。

▶ きょうかい【教会】（教堂）

ここからきょうかいまですぐです。

▶ びじゅつかん【美術館】（美術館）

ここからびじゅつかんまですぐです。

▶ はくぶつかん【博物館】（博物館）

ここからはくぶつかんまですぐです。

▶ ガソリンスタンド（加油站）

ここからガソリンスタンドまですぐです。

八、 學習目標：～をください。（請給我～。）
運用單字：食物、飲料

MP3
090

名詞　　　助詞　　　動詞

うどん　を　ください。

烏龍麵　　　助詞　　　　請給我～。

（請給我烏龍麵。）

POINT

・「～を」是等於中文的「把～」。

・「～をください」為「請給我～」的意思，用於在想要什麼東西的時候，對某人的請求。

◆ 換個單字說說看

① コーヒー を ください。

咖啡　　　助詞　　　請給我～。

（請給我咖啡。）

單字 Check
・コーヒー（咖啡）

② みず を ください。

水　　助詞　　　請給我～。

漢字寫法 ➡ 水をください。
（請給我水。）

單字 Check
・みず【水】（水）

✔ 換個單字寫寫看 MP3 091

1. とんかつをください。
（請給我炸豬排。）

> 單字 Check
> ・とんかつ【豚かつ】（炸豬排）

と	ん	か	つ	を	く	だ	さ	い	。

漢字寫法 ➡ 豚^{とん}かつをください。

2. すしをください。
（請給我壽司。）

> 單字 Check
> ・すし【寿司】（壽司）

す	し	を	く	だ	さ	い	。

漢字寫法 ➡ 寿司^{すし}をください。

3. ラーメンをください。
（請給我拉麵。）

> 單字 Check
> ・ラーメン（拉麵）

ラ	ー	メ	ン	を	く	だ	さ	い	。

4. サラダをください。
（請給我沙拉。）

> 單字 Check
> ・サラダ（沙拉）

サ	ラ	ダ	を	く	だ	さ	い	。

✓ 代換練習 1 　MP3 092

我們一起把下方句子裡的「みそしる【味噌汁】（味噌湯）」，換成別的單字寫寫看吧。

みそしる をください。

漢字寫法 ➡ <ruby>味<rt>み</rt></ruby><ruby>噌<rt>そ</rt></ruby><ruby>汁<rt>しる</rt></ruby>をください。
（請給我味噌湯。）

▸ そば【蕎麦】（蕎麥麵）

そばをください。

▸ さしみ【刺身】（生魚片）

さしみをください。

▸ すきやき【すき焼き】（壽喜燒）

すきやきをください。

▸ おでん（關東煮）

おでんをください。

▸ やきにく【焼肉】（燒肉）

やきにくをください。

▸ てんぷら【天婦羅】（天婦羅）

てんぷらをください。

✓ 代換練習 2 [MP3 093]

我們一起把下方句子裡的「ピザ（披薩）」，換成別的單字寫寫看吧。

ピザをください。

（請給我披薩。）

▶ パン（麵包）

パンをください。

▶ パスタ（義大利麵）

パスタをください。

▶ オムライス（蛋包飯）

オムライスをください。

▶ カレーライス（咖哩飯）

カレーライスをください。

▶ ステーキ（牛排）

ステーキをください。

▶ ハンバーガー（漢堡）

ハンバーガーをください。

PART 3
表達願望、喜好、
感覺與能力

　　已經打好了日文基礎，接下來就要進一步地學習表達願望、喜好、感覺與能力的日文，或者也可以說開始邁向基本文法的尖峰。除此之外，在本單元裡還有一些簡單又實用的形容詞，只要學會這些內容，日文的世界就會變得更開闊，向日本人表達感受再也不用怕。只要堅定地朝著學好日文的目標，每跨出學習的一步，與日文的關係就會愈來愈緊密喔！

學習目標	運用單字
一、～はありますか。／～はありません。	物品
二、～はすこし／とても～です。	表達感覺的い形容詞
三、～がすき／きらいです。	生物、運動、活動
四、～がじょうず／へたです。	技能、興趣、嗜好
五、～がいたい／わるいです。	身體的部位
六、～ができます／できません。	技能、興趣、嗜好
七、～がほしいです。	物品、對象
八、～が～たいです。	物品、食物

學習目標：〜はありますか。（有〜嗎？）
〜はありません。（沒有〜。）

一、 **運用單字：物品**

MP3
094

| 名詞 | 助詞 | 動詞＋疑問助詞 |

スマホ　は　ありますか。

智慧型手機　**助詞**　　　有〜嗎？

（有智慧型手機嗎？）

POINT

・「あります」為動詞，意思為「有」，後面加「か」就變成問句「有〜嗎？」的意思。

・如果想説「沒有」的話，改成「ありません」即可。

・「あります」與「ありません」針對無生命的東西時使用，如果為有生命時，則説「います（有）」與「いません（沒有）」。

✓ 換個單字說說看

① しお は ありますか。

鹽巴　**助詞**　　　有〜嗎？

漢字寫法 ➡ 塩はありますか。
（有鹽巴嗎？）

單字 Check
・しお【塩】（鹽巴）
・あります（有）
・か（嗎？）

② さとう は ありません。

糖　**助詞**　　沒有

漢字寫法 ➡ 砂糖はありません。
（沒有糖。）

單字 Check
・さとう【砂糖】（糖）
・ありません（沒有）

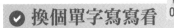 **換個單字寫寫看** ^{MP3}095

1. りんごはありますか。
（有蘋果嗎？）

單字 Check
・りんご【林檎】（蘋果）

り	ん	ご	は	あ	り	ま	す	か	。

漢字寫法 ➡ 林檎はありますか。

2. すいかはありますか。
（有西瓜嗎？）

單字 Check
・すいか【西瓜】（西瓜）

す	い	か	は	あ	り	ま	す	か	。

漢字寫法 ➡ 西瓜はありますか。

3. バナナはありますか。
（有香蕉嗎？）

單字 Check
・バナナ（香蕉）

バ	ナ	ナ	は	あ	り	ま	す	か	。

4. マンゴーはありません。
（沒有芒果。）

單字 Check
・マンゴー（芒果）

マ	ン	ゴ	ー	は	あ	り	ま	せ	ん	。

PART 3

表達願望、喜好、感覺與能力

一、〜はありますか。（有〜嗎？）
〜はありません。（沒有〜。）

✔ 代換練習 1　MP3 096

我們一起把下方句子裡的「とうふ【豆腐】（豆腐）」，換成別的單字寫寫看吧。

とうふはありますか。

漢字寫法 ➡ 豆腐はありますか。
（有豆腐嗎？）

▸ こめ【米】（米）

こめはありますか。

▸ たまご【卵】（蛋）

たまごはありますか。

▸ ねぎ【葱】（蔥）

ねぎはありますか。

▸ たまねぎ【玉葱】（洋蔥）

たまねぎはありますか。

▸ にく【肉】（肉）

にくはありますか。

▸ さかな【魚】（魚）

さかなはありますか。

● 代換練習2 MP3 097

我們一起把下方句子裡的「テレビ（電視）」，換成別的單字寫寫看吧。

テレビはありません。

（沒有電視。）

▶ ドライヤー（吹風機）

ドライヤーはありません。

▶ れいぞうこ【冷蔵庫】（冰箱）

れいぞうこはありません。

▶ かがみ【鏡】（鏡子）

かがみはありません。

▶ エアコン（空調）

エアコンはありません。

▶ ベッド（床）

ベッドはありません。

▶ テーブル（桌子）

テーブルはありません。

一、〜はありますか。（有〜嗎？）
〜はありません。（沒有〜。）

二、 學習目標：～はすこし／とても～です。
（～有一點／非常～。）

運用單字：表達感覺的い形容詞

名詞	助詞	副詞	い形容詞	助動詞
わさび	**は**	**すこし**	**からい**	**です。**
芥末	助詞	一點	辣的	是

漢字寫法 ➡ 山葵<ruby>わさび</ruby>は少<ruby>すこ</ruby>し辛<ruby>から</ruby>いです。
（芥末有一點辣。）

POINT

・「すこし」為副詞，意思為「一點、少許、稍微」，一樣為副詞的「とても」是「很、非常」的意思。因為用法一樣，所以可以一起背起來。

・「からい」在文法用語中叫做「い形容詞」，這是因為形容詞的最後一個字是「い」的關係。

☑ 換個單字說說看

① ぶどう は すこし あまい です。

葡萄	助詞	一點	甜的	是

漢字寫法 ➡ 葡萄<ruby>ぶどう</ruby>は少<ruby>すこ</ruby>し甘<ruby>あま</ruby>いです。
（葡萄有一點甜。）

單字 Check

・ぶどう【葡萄】（葡萄）
・すこし【少し】
（一點、少許、稍微）
・あまい【甘い】（甜的）

② レモン は とても すっぱい です。

檸檬	助詞	非常	酸的	是

漢字寫法 ➡ レモンはとても酸<ruby>す</ruby>っぱいです。
（檸檬非常酸。）

單字 Check

・レモン（檸檬）
・とても（很、非常）
・すっぱい【酸っぱい】
（酸的）

1. ワインはとてもおいしいです。

（葡萄酒非常好喝。）

單字 Check
・ワイン（葡萄酒）
・おいしい【美味しい】（好吃的）

| ワ | イ | ン | は | | | | | | |
| と | て | も | お | い | し | い | で | す | 。 |

漢字寫法 ➡ ワインはとても美味(おい)しいです。

2. ピーマンはとてもまずいです。

（青椒非常難吃。）

單字 Check
・ピーマン（青椒）
・まずい【不味い】
（難吃的、不好吃的）

| ピ | ー | マ | ン | は | | | | | |
| と | て | も | ま | ず | い | で | す | 。 | |

漢字寫法 ➡ ピーマンはとても不味(まず)いです。

3. みそしるはすこししょっぱいです。

（味噌湯有一點鹹。）

單字 Check
・みそしる【味噌汁】（味噌湯）
・しょっぱい（鹹的；也可以説
「しおからい【塩辛い】」）

| み | そ | し | る | は | | | | | |
| す | こ | し | しょ | っ | ぱ | い | で | す | 。 |

漢字寫法 ➡ 味噌汁(みそしる)は少(すこ)ししょっぱいです。

4. にがうりはすこしにがいです。

（苦瓜有一點苦。）

單字 Check
・にがうり【苦瓜】（苦瓜）
・にがい【苦い】（苦的）

| に | が | う | り | は | | | | | |
| す | こ | し | に | が | い | で | す | 。 | |

漢字寫法 ➡ 苦瓜(にがうり)は少(すこ)し苦(にが)いです。

● 代換練習 1　MP3 100

　　我們一起把下方句子裡的「にがい【苦い】（苦的）」，換成別的單字寫寫看吧。

このスープはすこし にがい です。

漢字寫法 ➡ このスープは少し苦いです。
　　　　　　（這碗湯有一點苦。）

▸ くさい【臭い】（臭的）

このスープはすこしくさいです。

▸ からい【辛い】（辣的）

このスープはすこしからいです。

▸ あまい【甘い】（甜的）

このスープはすこしあまいです。

▸ こい【濃い】（濃的）

このスープはすこしこいです。

▸ うすい【薄い】（淡的、薄的）

このスープはすこしうすいです。

▸ ぬるい【温い】（溫的）

このスープはすこしぬるいです。

✅ **代換練習 2** MP3 101

我們一起把下方句子裡的「やさしい【優しい】（溫柔的、貼心的）」，換成別的單字寫寫看吧。

せんせいはとても やさしい です。

漢字寫法 ➡ _{せんせい}先生はとても _{やさ}優しいです。
（老師非常溫柔。）

▶ **かわいい【可愛い】**（可愛的）

せんせいはとてもかわいいです。

▶ **きびしい【厳しい】**（嚴格的、嚴厲的）

せんせいはとてもきびしいです。

▶ **うるさい【煩い】**（囉嗦的、吵雜的、煩人的）

せんせいはとてもうるさいです。

▶ **いそがしい【忙しい】**（忙碌的）

せんせいはとてもいそがしいです。

▶ **つまらない【詰まらない】**（無聊的）

せんせいはとてもつまらないです。

▶ **かっこいい【格好いい】**（帥的）

せんせいはとてもかっこいいです。

三、 學習目標：～がすき／きらいです。
（喜歡／討厭～。）

運用單字：生物、運動、活動

MP3
102

名詞	助詞	な形容詞	助動詞

さしみ　が　すき　です。

生魚片　　助詞　　喜歡　　　是

漢字寫法 ➡ 刺身が好きです。

（喜歡生魚片。）

POINT

・「が」為助詞，接在名詞之後，表示形容詞的主體或對象。

・「すき【好き】」為「喜歡（的）」，「きらい【嫌い】」為「討厭（的）」的意
思。

・「すき【好き】」與「きらい【嫌い】」是な形容詞，為另外一種型態的形容詞喔。

✔ 換個單字說說看

① ねこ が すき です。

貓　　助詞　喜歡　　　是

漢字寫法 ➡ 猫が好きです。

（喜歡貓。）

單字 Check

・ねこ【猫】（貓）

・すき【好き】（喜歡（的））

② ごきぶり が きらい です。

蟑螂　　　助詞　　討厭　　　是

漢字寫法 ➡ ごきぶりが嫌いです。

（討厭蟑螂。）

單字 Check

・ごきぶり（蟑螂）

・きらい【嫌い】（討厭（的））

✅ 換個單字寫寫看 📻103

1. いぬがすきです。
（喜歡狗。）

漢字寫法 ➡ 犬^{いぬ}が好^すきです。

2. とりがすきです。
（喜歡小鳥。）

漢字寫法 ➡ 鳥^{とり}が好^すきです。

3. かえるがきらいです。
（討厭青蛙。）

漢字寫法 ➡ 蛙^{かえる}が嫌^{きら}いです。

4. むしがきらいです。
（討厭蟲。）

漢字寫法 ➡ 虫^{むし}が嫌^{きら}いです。

PART 3

表達願望、喜好、感覺與能力

三、～がすき／きらいです。（喜歡／討厭～。）

✅ 代換練習 1 ［MP3 104］

我們一起把下方句子裡的「すいえい【水泳】（游泳）」，換成別的單字寫寫看吧。

すいえいがすきです。

漢字寫法 ➡ 水泳が好きです。
（喜歡游泳。）

▸ **すもう【相撲】**（相撲）

すもうがすきです。

▸ **やきゅう【野球】**（棒球）

やきゅうがすきです。

▸ **とざん【登山】**（登山）

とざんがすきです。

▸ **ダンス**（跳舞）

ダンスがすきです。

▸ **ゴルフ**（高爾夫球）

ゴルフがすきです。

▸ **ゲーム**（遊戲）

ゲームがすきです。

代換練習 2 MP3 105

我們一起把下方句子裡的「べんきょう【勉強】（唸書）」，換成別的單字寫寫看吧。

べんきょうがきらいです。

漢字寫法 ➡ 勉強が嫌いです。
（討厭唸書。）

‣ しけん【試験】（考試）

しけんがきらいです。

‣ うんどう【運動】（運動）

うんどうがきらいです。

‣ しごと【仕事】（工作）

しごとがきらいです。

‣ かいぎ【会議】（會議）

かいぎがきらいです。

‣ かじ【家事】（家事）

かじがきらいです。

‣ ざんぎょう【残業】（加班）

ざんぎょうがきらいです。

四、

學習目標：～がじょうず／へたです。
（擅長／不擅長～。）

運用單字：技能、興趣、嗜好

名詞	助詞	な形容詞	助動詞

にほんご　が　じょうず　です。

日文　　　助詞　　　　擅長　　　　是

漢字寫法 ➡ 日本語が上手です。
（日文很擅長。）

POINT

・「じょうず【上手】」為な形容詞，意思為「擅長（的）、厲害（的）」，而相反的「不擅長」是「へた【下手】」，一個是「上」，一個是「下」，很好記吧。

・表達能力的日文，還有「とくい【得意】（拿手（的））」，「ふとくい【不得意】（不拿手（的））」，一起背起來會很好用喔。

✔ 換個單字說說看

① えいご が じょうず です。

英文　助詞　　擅長　　　是

漢字寫法 ➡ 英語が上手です。
（英文很擅長。）

> **單字 Check**
> ・えいご【英語】（英文）
> ・じょうず【上手】
> 　（擅長（的）、厲害（的））

② ピアノ が へた です。

鋼琴　　助詞　不擅長　　是

漢字寫法 ➡ ピアノが下手です。
（鋼琴不擅長。）

> **單字 Check**
> ・ピアノ（鋼琴）
> ・へた【下手】
> 　（不擅長（的）、不厲害（的））

✅ 換個單字寫寫看 _{MP3} 107

1. うたがじょうずです。
（唱歌很厲害。）

單字 Check
・うた【歌】（唱歌）

| う | た | が | じょ | う | ず | で | す | 。 |

漢字寫法 ➡ 歌が上手です。

2. テニスがへたです。
（不擅長網球。）

單字 Check
・テニス（網球）

| テ | ニ | ス | が | へ | た | で | す | 。 |

漢字寫法 ➡ テニスが下手です。

3. カラオケがとくいです。
（卡拉 OK 很拿手。）

單字 Check
・カラオケ（卡拉 OK）
・とくい【得意】
（拿手（的）、擅長（的））

| カ | ラ | オ | ケ | が | と | く | い | で | す | 。 |

漢字寫法 ➡ カラオケが得意です。

4. うんどうがにがてです。
（不擅長運動。）

單字 Check
・うんどう【運動】（運動）
・にがて【苦手】（不擅長（的））

| う | ん | ど | う | が | に | が | て | で | す | 。 |

漢字寫法 ➡ 運動が苦手です。

✓ 代換練習 1 　MP3 108

我們一起把下方句子裡的「そうじ【掃除】（打掃）」，換成別的單字寫寫看吧。

そうじ がにがてです。

漢字寫法 ➡ 掃除が苦手です。
（不擅長打掃。）

▶ いくじ【育児】（育兒）

いくじ が に が て で す 。

▶ せわ【世話】（照顧）

せわ が に が て で す 。

▶ かじ【家事】（家事）

かじ が に が て で す 。

▶ りょうり【料理】（料理）

りょうり が に が て で す 。

▶ どくしょ【読書】（看書）

どくしょ が に が て で す 。

▶ うんてん【運転】（駕駛）

うんてん が に が て で す 。

✅ 代換練習 2 MP3 109

我們一起把下方句子裡的「バスケ（籃球）」，換成別的單字寫寫看吧。

バスケがとくいです。

漢字寫法 ➡ バスケが得意（とくい）です。

（擅長打籃球。）

（註）「バスケ」為「バスケットボール」的簡稱。

▶ かんこくご【韓国語】（韓文）

かんこくごがとくいです。

▶ ちゅうごくご【中国語】（中文）

ちゅうごくごがとくいです。

▶ たいわんご【台湾語】（台語）

たいわんごがとくいです。

▶ **サッカー**（足球）

サッカーがとくいです。

▶ **サーフィン**（衝浪）

サーフィンがとくいです。

▶ **バドミントン**（羽毛球）

バドミントンがとくいです。

PART 3

表達願望、喜好、感覺與能力

四、～がじょうず／へたです。（擅長／不擅長～。）

五、

學習目標：〜がいたい／わるいです。
（〜很痛／不好。）

運用單字：身體的部位

MP3
110

主語	助詞	い形容詞	助動詞

あたま　が　いたい　です。

頭　　　助詞　　　痛的　　　　是

漢字寫法 ➡ 頭が痛いです。
（頭很痛。）

POINT

・「が」為助詞，接在主語之後。

・「いたい【痛い】」為「很痛」的意思，如果換成「わるい【悪い】（不好的、壞的）」的話，則為「頭腦不好」的意思。

✅ 換個單字說說看

① おなか が いたい です。

肚子　　助詞　　痛的　　　　是

漢字寫法 ➡ お腹が痛いです。
（肚子很痛。）

單字 Check
・おなか【お腹】（肚子）
・いたい【痛い】（痛的）

② せいかく が わるい です。

個性　　　助詞　　不好的　　　　是

漢字寫法 ➡ 性格が悪いです。
（個性不好。）

單字 Check
・せいかく【性格】（個性）
・わるい【悪い】
（不好的、壞的）

✅ 換個單字寫寫看 MP3 111

1. こしがいたいです。
（腰很痛。）

單字 Check
・こし【腰】（腰）

こ	し	が	い	た	い	で	す	。

漢字寫法 ➡ 腰が痛いです。

2. かたがいたいです。
（肩膀很痛。）

單字 Check
・かた【肩】（肩膀）

か	た	が	い	た	い	で	す	。

漢字寫法 ➡ 肩が痛いです。

3. かおがいいです。
（臉好看。）

單字 Check
・かお【顔】（臉）
・いい（好的）

か	お	が	い	い	で	す	。

漢字寫法 ➡ 顔がいいです。

4. ひざがわるいです。
（膝蓋不好。）

單字 Check
・ひざ【膝】（膝蓋）

ひ	ざ	が	わ	る	い	で	す	。

漢字寫法 ➡ 膝が悪いです。

● 代換練習 1 ^{MP3}112

我們一起把下方句子裡的「め【目】（眼睛）」，換成別的單字寫寫看吧。

めがわるいです。

漢字寫法 ➡ 目が悪いです。
　　　　　　（眼睛不好。）

▸ て【手】（手）

てがわるいです。

▸ はな【鼻】（鼻子）

はながわるいです。

▸ い【胃】（胃）

いがわるいです。

▸ しんぞう【心臟】（心臟）

しんぞうがわるいです。

▸ かんぞう【肝臟】（肝臟）

かんぞうがわるいです。

▸ じんぞう【腎臟】（腎臟）

じんぞうがわるいです。

● 代換練習 2　MP3 113

我們一起把下方句子裡的「のど【喉】（喉嚨）」，換成別的單字寫寫看吧。

のどがいたいです。

漢字寫法 ➡ 喉が痛いです。

（喉嚨很痛。）

▸ みみ【耳】（耳朵）

みみがいたいです。

▸ こころ【心】（心、內心）

こころがいたいです。

▸ は【歯】（牙齒）

はがいたいです。

▸ くび【首】（脖子）

くびがいたいです。

▸ むね【胸】（胸部、胸口）

むねがいたいです。

▸ あしのうら【足の裏】（腳底）

あしのうらがいたいです。

PART 3
表達願望、喜好、
感覺與能力

六、

學習目標：～ができます／できません。
（會／不會～。）

運用單字：技能、興趣、嗜好

MP3
114

主語	助詞	可能動詞
スキー	**が**	**できます。**
滑雪	助詞	會

（會滑雪。）

POINT

・「が」為助詞，接在名詞之後，可表示該名詞是後續動作狀態的對象。

・「できます」為中文「會、能」的意思，「できません」為「不會、不能」的意思。

● 換個單字說說看

① **にほんご が できます。**

日文 　　助詞 　　會

漢字寫法 ➡ 日本語（にほんご）ができます。

（會日文。）

> 單字 Check
> ・にほんご【日本語】（日文）
> ・できます（會、能）

② **タイご が できません。**

泰文 　助詞 　　不會

漢字寫法 ➡ タイ語（ご）ができません。

（不會泰文。）

> 單字 Check
> ・タイご【タイ語】（泰文）
> ・できません（不會、不能）

✓ 換個單字寫寫看 _{MP3} 115

1. えいごができます。
（會英文。）

單字 Check
・えいご【英語】（英文）

え	い	ご	が	で	き	ま	す	。

漢字寫法 ➡ 英語ができます。

2. ちゅうごくごができます。
（會中文。）

單字 Check
・ちゅうごくご【中国語】
（中文）

ちゅ	う	ご	く	ご	が	で	き	ま	す	。

漢字寫法 ➡ 中国語ができます。

3. りょうりができません。
（不會做菜。）

單字 Check
・りょうり【料理】
（料理、做菜）

りょ	う	り	が	で	き	ま	せ	ん	。

漢字寫法 ➡ 料理ができません。

4. すいえいができません。
（不會游泳。）

單字 Check
・すいえい【水泳】（游泳）

す	い	え	い	が	で	き	ま	せ	ん	。

漢字寫法 ➡ 水泳ができません。

六、～ができます／できません。（會／不會～。）

● 代換練習 1 MP3 116

我們一起把下方句子裡的「べんきょう【勉強】（唸書）」，換成別的單字寫寫看吧。

べんきょう ができます。

漢字寫法 ➡ 勉強^{べんきょう}ができます。
（會唸書。）

▸ さどう【茶道】（茶道）

さどう が で き ま す 。

▸ いけばな【生け花】（插花）

いけばな が で き ま す 。

▸ しょうぎ【将棋】（日本象棋）

しょうぎ が で き ま す 。

▸ けんどう【剣道】（剣道）

けんどう が で き ま す 。

▸ たっきゅう【卓球】（桌球）

たっきゅう が で き ま す 。

▸ たいきょくけん【太極拳】（太極拳）

たいきょくけん が で き ま す 。

● 代換練習 2 ＭＰ３ 117

我們一起把下方句子裡的「ピアノ（鋼琴）」，換成別的單字寫寫看吧。

ピアノ ができません。

（不會彈鋼琴。）

▸ **ギター**（吉他）
ギターができません。

▸ **バイオリン**（小提琴）
バイオリンができません。

▸ **パソコン**（個人電腦）
パソコンができません。

▸ **ダンス**（跳舞）
ダンスができません。

▸ **ゴルフ**（高爾夫球）
ゴルフができません。

▸ **マージャン**（麻將）
マージャンができません。

PART 3

表達願望、喜好、
感覺與能力

六、～ができます／できません。（會／不會～。）

七、

學習目標：～がほしいです。（想要～。）
運用單字：物品、對象

名詞	助詞	い形容詞	助動詞

いえ　が　ほしい　です。
家　　助詞　　想要　　　是

漢字寫法 ➡ 家がほしいです。
（想要家。）

POINT

・「ほしい」為い形容詞，其肯定用法為「ほしいです」，否定用法為「ほしくないです」。

・如果想要送朋友生日禮物時，你可以直接問他「なにがほしいですか」（想要什麼），也可以問「ほしいものがありますか」（有什麼想要的東西嗎）。

✓ 換個單字說說看

① おかね が ほしい です。
錢　　助詞　　想要　　是

漢字寫法 ➡ お金がほしいです。
（想要錢。）

單字 Check
・おかね【お金】（錢）
・ほしい（想要的）

② やすみ が ほしい です。
休假　　助詞　　想要　　是

漢字寫法 ➡ 休みがほしいです。
（想要休假。）

單字 Check
・やすみ【休み】
（休假、休息）

1. くるまがほしいです。
（想要車子。）

單字 Check
・くるま【車】（車子、汽車）

| く | る | ま | が | ほ | し | い | で | す | 。 |

漢字寫法 ➡ 車<ruby>くるま</ruby>がほしいです。

2. くつがほしいです。
（想要鞋子。）

單字 Check
・くつ【靴】（鞋子）

| く | つ | が | ほ | し | い | で | す | 。 |

漢字寫法 ➡ 靴<ruby>くつ</ruby>がほしいです。

3. バイクがほしいです。
（想要摩托車。）

單字 Check
・バイク（摩托車；也可以説「オートバイ」）

| バ | イ | ク | が | ほ | し | い | で | す | 。 |

4. スニーカーがほしいです。
（想要運動鞋。）

單字 Check
・スニーカー（運動鞋；也可以説「うんどうぐつ【運動靴】」）

| ス | ニ | ー | カ | ー | が |
| ほ | し | い | で | す | 。 |

PART 3

表達願望、喜好、感覺與能力

七、～がほしいです。（想要～。）

● 代換練習 1 MP3 120

我們一起把下方句子裡的「さいふ【財布】（錢包）」，換成別的單字寫寫看吧。

さいふがほしいです。

漢字寫法 ➡ 財布がほしいです。
（想要錢包。）

▸ バッグ（包包）

バッグがほしいです。

▸ シャツ（襯衫）

シャツがほしいです。

▸ ワンピース（連身裙、洋裝）

ワンピースがほしいです。

▸ コート（大衣、外套）

コートがほしいです。

▸ サングラス（太陽眼鏡）

サングラスがほしいです。

▸ じてんしゃ【自転車】（腳踏車）

じてんしゃがほしいです。

✔ 代換練習 2 MP3 121

我們一起把下方句子裡的「ともだち【友達】（朋友）」，換成別的單字寫寫看吧。

ともだちがほしいです。

漢字寫法 ➡ 友達がほしいです。
（想要朋友。）

▸ こども【子供】（小孩）

こどもがほしいです。

▸ かれし【彼氏】（男朋友）

かれしがほしいです。

▸ かのじょ【彼女】（女朋友）

かのじょがほしいです。

▸ こいびと【恋人】（情人）

こいびとがほしいです。

▸ ペット（寵物）

ペットがほしいです。

▸ さいのう【才能】（才華）

さいのうがほしいです。

八、 學習目標：～が～たいです。（想～。）
運用單字：物品、食物

MP3 122

| 名詞 | 助詞 | 動詞＋「たい」 | 助動詞 |

ふく　が　かいたいです。
衣服　助詞　　　想買

漢字寫法 ➡ 服が買いたいです。
（想買衣服。）

POINT

・「かいたい」是動詞ます形「かいます【買います】（買）」的「ます」去掉，後面接「たい」的形式。

・「～たい」為助動詞，意思為「想～、想要～」，可以表示說話者的願望。

・要注意的是，在表示第三者的願望時不能使用「～たい」，而要用「～たがります」。

✓ 換個單字說說看

① スマホ が かいたいです。
智慧型手機 助詞　　　想買

漢字寫法 ➡ スマホが買いたいです。
（想買智慧型手機。）

單字 Check
・スマホ（智慧型手機；為「ス
マートフォン」的簡稱）
・かいたい【買いたい】（想買）

② ステーキ が たべたいです。
牛排　　　助詞　　想吃

漢字寫法 ➡ ステーキが食べたいです。
（想吃牛排。）

單字 Check
・ステーキ（牛排）
・たべたい【食べたい】（想吃）

✔ 換個單字寫寫看 ^{MP3} 123

1. デジカメがかいたいです。
（想買數位相機。）

單字 Check
・**デジカメ**（數位相機；為「デジタルカメラ」的簡稱）

デ	ジ	カ	メ	が	
か	い	た	い	で	す	。

漢字寫法 ➡ デジカメが買(か)いたいです。

2. かぶがかいたいです。
（想買股票。）

單字 Check
・**かぶ【株】**（股票）

か	ぶ	が	か	い	た	い	で	す	。

漢字寫法 ➡ 株(かぶ)が買(か)いたいです。

3. にくまんがたべたいです。
（想吃肉包。）

單字 Check
・**にくまん【肉まん】**（肉包）

に	く	ま	ん	が	
た	べ	た	い	で	す	。

漢字寫法 ➡ 肉(にく)まんが食(た)べたいです。

4. デザートがたべたいです。
（想吃甜點。）

單字 Check
・**デザート**（甜點、餐後點心；也可以說「スイーツ」）

デ	ザ	ー	ト	が	
た	べ	た	い	で	す	。

漢字寫法 ➡ デザートが食(た)べたいです。

PART 3

表達願望、喜好、感覺與能力

八、～が～たいです。（想～。）

✅ 代換練習 1 ^{MP3} 124

我們一起把下方句子裡的「おちゃ【お茶】（茶）」，換成別的單字寫寫看吧。

おちゃ がかいたいです。

漢字寫法 ➡ お<ruby>茶<rt>ちゃ</rt></ruby>が<ruby>買<rt>か</rt></ruby>いたいです。
（想買茶。）

▸ **プリン**（布丁）

プリンがかいたいです。

▸ **おにぎり【お握り】**（飯糰；也可以說「おむすび」）

おにぎりがかいたいです。

▸ **ゲームき【ゲーム機】**（遊戲機）

ゲームきがかいたいです。

▸ **すいはんき【炊飯器】**（電子鍋）

すいはんきがかいたいです。

▸ **ドライヤー**（吹風機）

ドライヤーがかいたいです。

▸ **くすり【薬】**（藥）

くすりがかいたいです。

✓ 代換練習 2 　MP3 125

我們一起把下方句子裡的「すきやき【すき焼き】（壽喜燒）」，換成別的單字寫寫看吧。

すきやき がたべたいです。

漢字寫法 ➡ すき焼きが食べたいです。
　　　　　（想吃壽喜燒。）

▸ うなどん【うな丼】（鰻魚丼）

うなどんがたべたいです。

▸ おやこどん【親子丼】（親子丼）

おやこどんがたべたいです。

▸ てんぷら【天婦羅】（天婦羅）

てんぷらがたべたいです。

▸ やきにく【焼肉】（燒肉、烤肉）

やきにくがたべたいです。

▸ とんかつ【豚かつ】（炸豬排）

とんかつがたべたいです。

▸ おでん（關東煮）

おでんがたべたいです。

PART 4

學習時間、日期、數量詞,以及方位相關用法

　　日常生活中的溝通,絕對少不了「數字」!像是買東西,一定要知道和金錢有關的數字;要約會,一定要知道和日期息息相關的數字;而加碼學習和數字搭配的「數量詞」,會讓表達更加完整喔!

　　此外,本單元還要告訴你「季節」、「星期」、「方位」等生活中最好用的單字。現在,就讓我們一起來學習吧!

一、學習兩種數字的唸法

二、時段、方位

三、星期、季節與節日

四、實力測驗

一、學習兩種數字的唸法

　　日文中有「音讀」與「訓讀」兩個發音系統：「音讀」是受到中文影響，類似於中文的發音（＝漢語系統），而「訓讀」是日文獨特的發音（＝和語系統）。因此，日文的漢字大部分都會有兩種唸法，日文數字也不例外。而在日本的日常生活裡，日文數字尤其重要，不管是時間、日期或數量詞都隨處可見，因此我們來好好學習日文數字的各種唸法吧！

1. 音讀數字（＝漢語系統）

　　首先我們學習基礎的「音讀」唸法，「〇月〇日」等數字都是採用「音讀」唸法喔。

◆ 例如：

① 3 月 28 日

三　月　二　十　八　日
さん　がつ　に　じゅう　はち　にち

② 6 月 30 日

六　月　三　十　日
ろく　がつ　さん　じゅう　にち

我們一起唸唸看：

零	一	二	三	四	五
れい／ゼロ	いち	に	さん	し／よん	ご
六	**七**	**八**	**九**	**十**	
ろく	しち／なな	はち	きゅう／く	じゅう	

（註）零、四、七、九有兩種讀音。

寫寫看 請用平假名寫出以下的數字。

① 五

ご				

② 二十八

に	じゅ	う	は	ち

③ 九十一

きゅ	う	じゅ	う	い	ち

2. 訓讀數字（＝和語系統） MP3 127

這是在漢語傳來以前，日本原有的日文傳統唸法。廣泛用於計算形狀非扁平、非細長狀的物體，以及抽象事物。

我們一起唸唸看：

一つ	二つ	三つ	四つ	五つ
ひとつ	ふたつ	みっつ	よっつ	いつつ
六つ	七つ	八つ	九つ	十
むっつ	ななつ	やっつ	ここのつ	とお

（註）這種「～つ」的唸法，只能進行個位數計算，也就是只能從「一」到「九」，無法進行十位數以上的計算喔。

 請用平假名寫出以下的數字。

① 一つ

ひ	と	つ

② 二つ

ふ	た	つ

③ 三つ

み	っ	つ

④ 四つ

よ	っ	つ

⑤ 五つ

い	つ	つ

⑥ 六つ

む	っ	つ

⑦ 七つ

な	な	つ

⑧ 八つ

や	っ	つ

⑨ 九つ

こ	こ	の	つ

⑩ 十

と	お

3. 其他常用數量詞：「個」 ^MP3 128

除了前面所説的音讀數字及訓讀唸法之外，日文也與中文一樣有各種數量詞。一開始我們先來學習日常生活中最常見、最基本的數量詞，只要背起來，生活會變得更方便喔。那麼，我們從最常用到的「個」開始學習吧！

用途 廣泛用於計算非扁平、非細長狀的小型物體。

例如 りんご【林檎】（蘋果）、いちご【苺】（草莓）、ゆびわ【指輪】（戒指）、たまご【卵】（蛋）、はこ【箱】（箱子、盒子）等等。

寫寫看 請用平假名寫出以下的數量詞。

① 一個

| い | っ | こ |

② 二個

| に | こ |

③ 三個

| さ | ん | こ |

④ 四個

| よ | ん | こ |

⑤ 五個

| ご | こ |

⑥ 六個

| ろ | っ | こ |

⑦ 七個

| な | な | こ |

⑧ 八個

| は | っ | こ |

⑨ 九個

| きゅ | う | こ |

⑩ 十個

| じゅ | っ | こ |

4. 其他常用數量詞：「本」 ^{MP3}129

用途 用於計算形狀細長的物體，需注意與中文的「本」意思不同。

例如 ペン（筆）、だいこん【大根】（白蘿蔔）、ビール（啤酒）、かさ【傘】（傘）、
き【木】（樹木）等等。

寫寫看 請用平假名寫出以下的數量詞。

① 一本

い	っ	ぽ	ん

② 二本

に	ほ	ん

③ 三本

さ	ん	ぽ	ん

④ 四本

よ	ん	ほ	ん

⑤ 五本

ご	ほ	ん

⑥ 六本

ろ	っ	ぽ	ん

⑦ 七本

な	な	ほ	ん

⑧ 八本

は	っ	ぽ	ん

⑨ 九本

きゅ	う	ほ	ん

⑩ 十本

じゅ	っ	ぽ	ん

（註）促音後面加上「本」時多唸濁音或半濁音，例如：「いっ**ぽん**【一本】」、「ろっ**ぽん**【六本】」、
「はっ**ぽん**【八本】」、「じゅっ**ぽん**【十本】」等，其他唸法較沒有規則，請直接背起來喔。

5. 其他常用數量詞：「枚」 MP3 130

用途 用於計算扁平狀的物體。這個唸法很簡單，音讀數字唸法上直接加「まい【枚】」
即可。

例如 かみ【紙】（紙）、しゃしん【写真】（照片）、ふく【服】（衣服）、たたみ【畳】
（榻榻米）、さら【皿】（盤子）等等。

寫寫看 請用平假名寫出以下的數量詞。

① 一枚

い	ち	ま	い

② 二枚

に	ま	い

③ 三枚

さ	ん	ま	い

④ 四枚

よ	ん	ま	い

⑤ 五枚

ご	ま	い

⑥ 六枚

ろ	く	ま	い

⑦ 七枚

な	な	ま	い

⑧ 八枚

は	ち	ま	い

⑨ 九枚

きゅ	う	ま	い

⑩ 十枚

じゅ	う	ま	い

6. 其他常用數量詞：「人」 ^{MP3} 131

用途 用於計算人數。

寫寫看 請用平假名寫出以下的數量詞。

① 一人

ひ	と	り

② 二人

ふ	た	り

③ 三人

さ	ん	に	ん

④ 四人

よ	に	ん

⑤ 五人

ご	に	ん

⑥ 六人

ろ	く	に	ん

⑦ 七人

な	な	に	ん

⑧ 八人

は	ち	に	ん

⑨ 九人

きゅ	う	に	ん

⑩ 十人

じゅ	う	に	ん

（註）「ひとり【一人】」、「ふたり【二人】」、「よにん【四人】」的唸法較特別。

二、時段、方位

我們已經學會不少有關時間的説法了,但日本人是全世界最重視時間觀念的民族,以下的內容也請好好背起來,邀約日本朋友,其實一點也不難!

1. 一邊聽音檔,一邊寫寫看以下有關時段的單字吧。 MP3 132

① あさ【朝】（早上）

あ	さ

② ひる【昼】（白天）

ひ	る

③ ゆうがた【夕方】（傍晚）

ゆ	う	が	た

④ よる【夜】（晚上）

よ	る

⑤ ごぜん【午前】（上午）

ご	ぜ	ん

⑥ ごご【午後】（下午）

ご	ご

2. 一邊聽音檔,一邊寫寫看以下有關方位、位置的單字吧。 MP3 133

きた【北】（北）

き	た

にし【西】（西）

に	し

ひがし【東】（東）

ひ	が	し

みなみ【南】（南）

み	な	み

うえ【上】（上面）

う	え

ひだり【左】
（左邊）

ひ
だ
り

なか【中】（中間）

な	か

みぎ【右】
（右邊）

み
ぎ

した【下】（下面）

し	た

① ごぜんくじ（上午九點）

ご	ぜ	ん	く	じ

漢字寫法 ➡ 午前九時

② あさからよるまで（從早上到晚上）

あ	さ	か	ら	よ	る	ま	で

漢字寫法 ➡ 朝から夜まで

③ いまはごごろくじです。（現在是下午六點。）

い	ま	は	ご	ご	ろ	く	じ	で	す	。

漢字寫法 ➡ 今は午後六時です。

④ ねこはしたにいます。（貓在下面。）

ね	こ	は	し	た	に	い	ま	す	。

漢字寫法 ➡ 猫は下にいます。

⑤ はこのなかにあります。（在箱子裡。）

は	こ	の	な	か	に	あ	り	ま	す	。

漢字寫法 ➡ 箱の中にあります。

⑥ コンビニはみぎにあります。（便利商店在右邊。）

コ	ン	ビ	ニ	は
み	ぎ	に	あ	り	ま	す	。

漢字寫法 ➡ コンビニは右にあります。

PART 4

學習時間、日期、數量詞、以及方位相關用法

二、時段、方位

三、星期、季節與節日

在背誦日文的「星期」說法時，因其發音與漢字極為相近，所以並不困難，輕輕鬆鬆地一起學習吧。

1. 一邊聽音檔，一邊寫寫看以下有關星期的單字吧。 MP3 135

① げつようび【月曜日】（星期一）

げ	つ	よ	う	び

② かようび【火曜日】（星期二）

か	よ	う	び

③ すいようび【水曜日】（星期三）

す	い	よ	う	び

④ もくようび【木曜日】（星期四）

も	く	よ	う	び

⑤ きんようび【金曜日】（星期五）

き	ん	よ	う	び

⑥ どようび【土曜日】（星期六）

ど	よ	う	び

⑦ にちようび【日曜日】（星期日）

に	ち	よ	う	び

2. 一邊聽音檔，一邊寫寫看以下有關季節與節日的單字吧。 ^{MP3} 136

① はる【春】（春天）

は	る

② なつ【夏】（夏天）

な	つ

③ あき【秋】（秋天）

あ	き

④ ふゆ【冬】（冬天）

ふ	ゆ

⑤ しょうがつ【正月】（正月、元旦）

しょ	う	が	つ

⑥ たんごのせっく【端午の節句】（端午節）

た	ん	ご	の	せ	っ	く

⑦ ちゅうしゅうせつ【中秋節】（中秋節）

ちゅ	う	しゅ	う	せ	つ

四、實力測驗

❀ TEST 1 ｜MP3 137

以下的句子，請一邊聽一邊寫，然後在下線上寫下中文意思。

① わたしはりです。 _____

② それはいくらですか。 _____

③ すしをください。 _____

❀ TEST 2 ｜MP3 138

請用平假名寫出以下的單字。

① 八個

② 八つ

③ 午前九時

④ 火曜日

TEST 3

請把以下的中文翻成日文，確認看看自己變得有多麼地厲害吧！

① 我姓陳。

② 我是老師。

③ 喜歡拉麵。

④ 想要車子。

⑤ 日文很厲害（擅長）。

PART 4 學習時間、日期、數量詞，以及方位相關用法

四、實力測驗

解答

TEST 1

①わたしはりです。 我姓李。

②それはいくらですか。 那個多少錢呢？

③すしをください。 請給我壽司。

TEST 2

①はっこ ②やっつ ③ごせんくじ ④かようび

TEST 3

①わたしはちんです。

②わたしはせんせいです。

③ラーメンがすきです。

④くるまがほしいです。

⑤にほんごがじょうずです。

國家圖書館出版品預行編目資料

邊聽邊寫！簡單快速日文入門　新版 /
こんどうともこ著
-- 修訂初版 -- 臺北市：瑞蘭國際, 2024.12
136面；19×26公分 --（日語學習系列；79）
ISBN：978-626-7629-00-0（平裝）
1. CST：日語　2. CST：讀本
803.18　　　　　　　　　　　　113018273

日語學習系列 79

邊聽邊寫！
簡單快速日文入門 新版

作者｜こんどうともこ
總策劃｜元氣日語編輯小組
責任編輯｜葉仲芸、王愿琦
校對｜こんどうともこ、葉仲芸、王愿琦

日語錄音｜こんどうともこ
錄音室｜采漾錄音製作有限公司
封面設計｜劉麗雪、陳如琪
版型設計｜劉麗雪
內文排版｜邱亭瑜、劉麗雪
美術插畫｜614、Ruei Yang

瑞蘭國際出版

董事長｜張暖彗 ‧ 社長兼總編輯｜王愿琦
編輯部
副總編輯｜葉仲芸 ‧ 主編｜潘治婷
設計部主任｜陳如琪
業務部
經理｜楊米琪 ‧ 主任｜林湲洵 ‧ 組長｜張毓庭

出版社｜瑞蘭國際有限公司 ‧ 地址｜台北市大安區安和路一段 104 號 7 樓之 1
電話｜(02)2700-4625 ‧ 傳真｜(02)2700-4622 ‧ 訂購專線｜(02)2700-4625
劃撥帳號｜19914152 瑞蘭國際有限公司
瑞蘭國際網路書城｜www.genki-japan.com.tw

法律顧問｜海灣國際法律事務所　呂錦峯律師

總經銷｜聯合發行股份有限公司 ‧ 電話｜(02)2917-8022、2917-8042
傳真｜(02)2915-6275、2915-7212 ‧ 印刷｜科億印刷股份有限公司
出版日期｜2024 年 12 月初版 1 刷 ‧ 定價｜420 元 ‧ ISBN｜978-626-7629-00-0

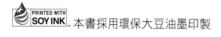